VENDUE AUX BERSERKERS

LEE SAVINO

VENDUE AUX BERSERKERS

Quand le beau-père de Brenna la vend à une bande de guerriers de passage, sa seule pensée est de survivre.

Elle ne s'attend pas à être revendiquée par les deux redoutables guerriers qui dirigent le clan des Berserkers.

Gardée captive, elle est dorlotée et choyée, traitée plus en guerrière qu'en esclave.

Est-ce que la captivité peut mener à l'amour ?

Et quand elle découvre la vérité se cachant derrière le mythe des imposants guerriers, pourra-t-elle accepter sa place en tant que réelle compagne des Berserkers ?

Traduit de l'anglais par Lilou and Stories
Édité par Feathers and Footprints

LIVRE GRATUIT

Obtenez un livre secret sur les Berserkers, *Imprégnée par les Berserkers* (disponible seulement pour les extraordinaires fans se trouvant sur la liste d'envoi de Lee)
Pour commencer, rendez-vous ici…
https://geni.us/BredBerserkerFR

CHAPITRE 1

*L*e jour où mon beau-père me vendit aux Berserkers, je m'étais réveillée au petit matin avec lui qui me déshabillait du regard.

— Debout.

Il voulut me frapper, mais je me pressai de sortir de ma torpeur endormie pour me mettre sur mes pieds.

— J'ai besoin de toi pour une livraison.

J'acquiesçai et jetai un regard à ma mère et mes sœurs endormies. Je ne faisais pas confiance à mon beau-père à proximité de mes trois plus jeunes sœurs, mais si j'étais partie avec lui toute la journée, elles seraient en sécurité. J'avais moi-même pris l'habitude d'avoir un poignard. Je n'aurais pas osé le tuer ; nous en avions besoin pour manger et avoir un abri, mais s'il m'attaquait de nouveau, je me battrais.

Le second mari de ma mère me détestait depuis la dernière fois qu'il avait essayé de me prendre et que je m'étais défendue. Ma mère était partie au marché, et quand il avait essayé de m'agripper, quelque chose en moi avait craqué : il ne poserait plus les mains sur moi. Je m'étais battue, frappant et griffant, avant de saisir une casserole en fer et de le brûler avec de l'eau chaude.

Il avait beuglé et m'avait regardée comme s'il voulait me faire du mal, mais était resté à distance. Au retour de ma mère, il avait fait comme si tout allait bien, mais ses yeux pleins de haine et de fourberie ne me quittèrent jamais.

À voix haute il me disait moche et se moquait de la cicatrice qui marquait mon cou depuis l'attaque d'un chien errant quand j'étais petite. Je l'ignorais et gardais mes distances. J'entendais des railleries à propos de mon visage hideux depuis que les blessures avaient guéri, formant une masse argentée de tissu au niveau de mon cou.

Ce matin-là, j'enveloppai mes cheveux et mon cou cicatrisé avec un châle, et je suivis mon beau-père en portant sa marchandise le long de la vieille route. Au début, je pensais que nous nous dirigions vers le grand marché, mais quand nous atteignîmes le croisement de la route et qu'il prit une direction inhabituelle, j'hésitai. Quelque chose n'allait pas.

— Par-là, bâtarde.

Il avait pris l'habitude de me traiter de « chien ». Il se moquait de moi, en disant que les seuls sons que je pouvais faire étaient des grognements de bête, donc je pouvais aussi bien en être une. Il avait raison. L'attaque avait abîmé ma gorge, m'enlevant ma voix.

Si je le suivais dans la forêt et qu'il essayait de me tuer, je ne serais même pas capable de crier.

— Un homme riche a demandé que sa marchandise soit livrée à sa porte, dit-il en marchant devant sans un regard en arrière, tandis que je le suivais.

J'avais vécu toute ma vie dans le royaume d'Alba, mais lorsque mon père était mort et que ma mère s'était remariée, nous avions déménagé dans le village de mon beau-père situé au cœur d'une région montagneuse, au pied d'imposantes montagnes hostiles. Il y avait des histoires à propos d'êtres malfaisants vivants dans les sombres crevasses des hauteurs, mais je n'y avais jamais cru.

Je connaissais bien assez de monstres vivants en plein jour.

Plus nous marchâmes, plus le soleil sombrait dans le ciel et plus je su que mon beau-père essayait de me duper, qu'il n'y avait aucun riche attendant sa marchandise.

Lorsque la route tourna et que mon beau-père surgit de derrière un rocher pour me surprendre, je fus à peine surprise, mais avant que je puisse saisir ma dague, il me frappa si fort que je tombai.

Je me réveillai attachée à un arbre.

La lumière du jour était plus faible, annonçant la tombée de la nuit. Je luttai en silence, des halètements effrénés s'échappant de ma gorge apeurée. Mon beau-père entra dans mon champ de vision et pendant une seconde, je ressentis du soulagement à la vue de ce visage familier. C'était avant de me souvenir du mal que cet homme avait fait à mon corps. Qu'importe ce qu'il planifiait, cela n'augurait rien de bon ni pour moi ni pour mes jeunes sœurs. Si je ne survivais pas, elles partageraient éventuellement le même destin que le mien.

— Tu es réveillée, dit-il. Juste à temps pour la vente.

Je tirai de toutes mes forces, mais les liens tinrent fermement. Alors que mon beau-père approchait, je réalisai que l'écharpe avec laquelle j'enveloppais mon cou pour cacher mes cicatrices était tombée, les dévoilant. Par habitude, je tournai ma tête, cachant le mauvais côté contre mon épaule.

Mon beau-père sourit d'un air suffisant.

— Tellement laide, ricana-t-il. Je n'aurais jamais pu te trouver un mari, mais j'ai déniché des gens pour t'emmener : des guerriers de passage t'ont vue et souhaitent assouvir leur désir avec ton corps. Qui sait, si tu leur plais, ils te laisseront peut-être vivre. Mais je doute que tu survives à ces hommes.

Ce sont des étrangers, des mercenaires, venus combattre pour le roi. Des Berserkers. Si tu as de la chance, ta mort sera rapide lorsqu'ils te réduiront en bouillie.

J'avais entendu les histoires sur les berserkers, de redoutables guerriers d'antan. Éternels, intemporels, ils naviguaient sur les mers et les terres, pillant, tuant, prenant des esclaves, ils combattaient pour nos rois et les leurs. Rien ne pouvait entraver leur chemin lorsqu'ils entraient dans une colère meurtrière.

Je luttai pour ne pas faire transparaître la peur sur mon visage. Les berserkers étaient un mythe, donc mon beau-père m'avait probablement vendue à une bande de soldats de passage qui prendrait leur pied avec ma chair avant de me laisser pour morte, ou de me revendre.

— J'aurais pu te vendre il y a longtemps, si je t'avais foutu à poil et t'avais mis un sac sur la tête pour cacher ces cicatrices.

Ses mains me pelotèrent, et je me dérobai de son souffle dégoutant. Il me gifla, puis détacha mes nattes, laissant mes cheveux couvrir mon visage et mes épaules.

Attachée comme je l'étais, je pouvais tout de même lui lancer des regards furieux. Je ne pouvais rien faire pour stopper la vente, mais j'espérais que mon expression féroce lui indiquait que je combattrais jusqu'à la mort s'il essayait de tenter quoi que ce soit.

Ses mains commencèrent à descendre vers mes seins lorsqu'une ombre bougea à l'orée de la clairière. Cela capta mon regard et je sursautai. Mon beau-père fit un pas en arrière alors que les guerriers affluaient d'entre les arbres.

Ma première pensée fut que ce n'étaient pas des hommes, mais des bêtes. Des silhouettes sombres rôdant, ne faisant qu'un avec l'ombre. Quelques-uns portaient des peaux d'animaux et se tenaient en retrait, observant depuis l'orée des bois. Deux d'entre eux s'avancèrent, en tenue de guerriers, couverte d'armes. L'un avait les cheveux sombres, et l'autre les cheveux longs, blonds et crasseux avec une barbe accordée.

Leurs yeux brillaient d'une lueur terrifiante.

Alors qu'ils approchèrent, l'odeur de viande crue et de sang flotta jusqu'à nous et mon estomac se tordit. Je fus soulagée que mon beau-père ne m'eût pas nourrie de la journée autrement, j'aurais vidé mes boyaux sur le sol.

Le visage et le ton de mon beau-père prirent l'expression flatteuse que je le voyais prendre quand il vendait sur le marché.

— Bonsoir, messieurs, grimaça-t-il au plus grand, le blond dont les cheveux tombaient sur sa poitrine.

Ils étaient parfaitement silencieux, mais le blond approcha en me fixant de ses yeux dorés étranges.

Leurs visages étaient assez beaux, mais leurs formes massives et la façon légère et rapide avec laquelle ils se déplaçaient me firent reprendre mon souffle. Je n'avais jamais vu d'hommes aussi massifs. À côté d'eux, mon beau-père ressemblait à un affreux gnome.

— C'est celle que vous désiriez, continua mon beau-père. Elle est solide et en bonne santé. Elle fera une bonne esclave pour vous.

Mon corps aurait été secoué de terreur, si je n'avais pas été fermement attachée.

Un guerrier à la chevelure noire s'avança aux côtés du blond et les deux échangèrent un regard.

— Vous avez demandé celle avec les cicatrices.

Mon beau-père saisit mes cheveux et bascula ma tête en arrière, exposant l'horrible masse argentée. Je fermai les yeux, des larmes dues à la douleur soudaine et à l'humiliation se frayant un chemin à travers mes paupières.

L'instant d'après, la prise de mon beau-père se desserra. Un grognement me fit ouvrir les yeux pour voir le guerrier aux cheveux noirs se tenant à mes côtés. Mon beau-père était affalé sur le sol, comme s'il avait été poussé.

Le chef blond donna un petit coup de botte dans le flanc de mon beau-père.

— Lève-toi, dit-il, avec une voix qui ressemblait davantage à un grognement qu'à un son humain.

Cela me glaça le sang. Mon beau-père se dépêcha de se mettre sur ses pieds.

L'homme à la chevelure ébène découpa le reste de mes liens, et je m'affaissai vers l'avant. Je serais tombée, mais il m'attrapa facilement et me mit debout, gardant ses bras autour de moi. Je n'étais pas la plus petite des femmes, mais il était immense. Les muscles de ses bras et de sa poitrine étaient gonflés, mais il me tenait prudemment. Je le fixai du regard, prenant en compte ses cheveux d'un noir de corbeau et ses yeux étrangement dorés.

Il me positionna plus proche de son corps musclé.

Pendant ce temps, mon beau-père gémit.

— Je voulais seulement vous montrer les cicatrices…

De nouveau ce grognement effrayant du blond.

— Tu ne touches pas ce qui est à nous.

— Je ne veux pas la toucher.

Mon beau-père cracha.

Malgré moi, je me recroquevillai contre l'homme qui me tenait. Un étranger que je n'avais jamais rencontré restait un refuge plus sûr que mon beau-père.

— Je voulais juste m'assurer que vous étiez satisfaits, messieurs. Voulez-vous la tester ? demanda mon beau-père d'un ton malsain.

Il voulait les voir me mettre en pièces.

Un grognement gronda sous mon oreille et je levai la tête. Qui étaient ces hommes, ces grands guerriers qui avaient payé et m'avaient achetée ? Les bras autour de moi étaient forts et solides, ne donnant aucune fuite possible, mais les yeux dorés qui me fixaient étaient gentils. Le guerrier passa son pouce sur la pulpe de mes lèvres, ses doigts étaient doux pour un guerrier aussi grand et à l'allure violente. Sous l'odeur de sang, il sentait la neige et le froid, une odeur de propreté glaciale.

Il pressa son visage contre ma tête, respirant d'un souffle profond.

Le blond nous regardait.

— C'est elle, grogna l'homme aux cheveux noirs, sa voix très gutturale. C'est celle-ci.

L'une de ses mains vint couvrir le côté de mon visage et de ma gorge, serrant mon visage près de sa poitrine d'un geste protecteur.

Je fermai les yeux, me détendant dans la ferme chaleur du corps de ce guerrier.

Un tintement d'or, et la transaction fut officialisée. J'étais vendue.

PRESQUE IMMÉDIATEMENT, les guerriers commencèrent à m'éloigner.

Je combattis la panique qui montait en moi, espérant que mon beau-père n'était pas le dernier visage familier que je voyais.

— Au revoir, Brenna, sourit mon beau-père d'un air narquois alors que les guerriers lui passaient à côté, suivant leur chef blond dans la forêt.

— Attendez, arrêta le blond.

Les guerriers saisirent immédiatement mon beau-père.

— Son prénom est Brenna ?

— Oui. Mais vous l'avez achetée. Appelez-la comme vous voulez.

Le guerrier à la chevelure ébène me tira. Je suivis péniblement, à moitié titubante à ses côtés. Mes ongles mordaient mes paumes pour m'empêcher de paniquer. Combattre le géant à côté de moi n'était pas une option. Ni tenter de lui échapper.

Le blond nous rejoignit et les deux guerriers me tirèrent vers le petit bois sombre. D'horribles pensées remplirent mon esprit. J'appartenais à ces hommes et maintenant, ils me violeraient, se rassasieraient de mon corps, puis me couperaient la gorge et me laisseraient aux loups.

Mes yeux se remplirent de larmes, à la fois de colère et de peur.

Ils s'arrêtèrent et m'attirèrent entre eux. Je fermai les yeux par défi et les larmes s'échappèrent.

Pendant que je guérissais de l'attaque, je pouvais faire certains bruits, horribles et animaliers, mais ils étaient si affreux, que j'avais complètement arrêté de faire des sons. Parfois, quand j'étais seule, je plongeais dans la rivière, ouvrant ma bouche et essayant de crier. Mais plus aucun son ne sortait. Ma gorge avait oublié ma voix.

Maintenant, le seul bruit entendu dans le petit bois était ma respiration sèche.

Je sentais les guerriers de chaque côté de moi, leur forme massive surplombant mon corps fragile. J'étais beaucoup plus petite qu'eux, minuscule et menue comparée à leur forme puissante.

Là, je tentai de me rappeler de respirer et de me soumettre à ces hommes. Un souffle et ils étaient capables de me tuer.

Mon cœur battait tellement fort que c'en était douloureux. J'étais prête à mourir.

Mais quand ils me touchèrent, ils furent doux. Une main repoussa mes cheveux, puis caressa ma joue. L'un me stabilisa de derrière alors que l'autre prit ma tête dans ses mains et la tourna d'un côté puis de l'autre. Celui derrière moi rassembla mes cheveux en arrière. Je retins mon souffle pendant que ces deux guerriers massifs me touchèrent.

Je réalisai que l'odeur de sang était partie, remplacée par une autre, un musc animal qui était beaucoup plus plaisant.

Un doigt couru le long de mon cou, près de la cicatrice et je ravalai un souffle. Les mains s'en allèrent.

Leurs visages se penchèrent près du mien et je sentis leur souffle sur ma peau, comme s'ils prenaient de profondes inspirations de mes cheveux.

— Tellement bon, grogna l'un deux.

Je ne comprenais pas. J'avais peur qu'ils me prennent, mais je ne comprenais pas pourquoi ils ne le faisaient pas.

— Ça marche, murmura l'un à l'autre. La sorcière avait raison.

Alors qu'ils penchèrent leur tête et me sentirent, mon cœur battit plus vite en réponse à cette proximité. Quelque chose remua à l'intérieur de moi. Du désir. Quelques minutes seule avec ces hommes et je me sentis plus intime avec eux qu'avec n'importe qui d'autre auparavant.

Comme en symbiose, ils inclinèrent leur tête vers la mienne, se blottissant contre mon cou, faisant frissonner ma peau.

Je la sentis alors, spontanée, une poussée dans mes reins. Depuis que j'étais devenue femme, mes désirs étaient forts. Chaque mois, je combattais l'envie de trouver un homme et de m'accoupler. J'étais affreuse et destinée à être une vie de paria solitaire. Mais à chaque pleine lune, mon corps prenait vie, accablé de vagues lubriques et agité jusqu'à ce que je me sente assez désespérée pour saisir l'homme le plus proche et le supplier de me donner des fils.

La chaleur m'envahit jusqu'à ce que j'entende une exclamation ; l'un des guerriers fit un mouvement brusque vers l'arrière et se recula.

— Elle est prête, grogna l'un.

Au lieu de m'apeurer, le son m'excita.

Que se passait-il ?

— Pas ici, mon frère, grinça le blond.

Sans répondre, l'homme aux cheveux noirs me tira en avant.

Nous marchâmes pendant un moment, nous enfonçant dans la forêt, puis nous traversâmes une rivière. La chaleur en moi disparut alors que je les suivis, affaiblie par la peur et la faim, chancelant éventuellement sur mes pieds engourdis de fatigue.

Le guerrier à la chevelure sombre s'arrêta et je tressaillis, m'attendant à ce qu'il me brutalise pour que je continue.

À la place, il me tourna pour lui faire face. De nouveau ses mains vinrent à moi, repoussant mes cheveux. Je grimaçai lorsque je me rendis compte de ce qu'il faisait : il regardait ma cicatrice.

Involontairement, ma tête fit un mouvement brusque et il lâcha mon menton, m'offrant de l'eau à la place. Il porta l'outre pendant que je buvais, et quand j'eus ma dose il m'offrit de la viande séchée, me nourrissant de sa main. Je regardai fixement ses yeux dorés, incapable de dissimuler les questions sur mon visage : Qui êtes-vous ? Qu'allez-vous faire de moi ?

Quand j'eus fini, il posa une main sur sa poitrine et poussa un son guttural que je ne compris pas. Il le répéta deux fois, puis posa sa main sur ma poitrine.

— Brenna.

Je pus à peine reconnaître mon nom, mais j'acquiesçai.

L'ombre d'un sourire courba ses lèvres. Repoussant la peau grise qu'il portait sur ses épaules, il l'enveloppa autour des miennes avant de me tirer à nouveau dans le cercle de ses bras forts.

Mon cœur battit plus vite. La chaleur de la peau s'infiltra dans mon corps fatigué, et le grand homme me tint fermement. Je me sentais encore effrayée, mais j'attendais docilement dans l'étreinte du guerrier aux cheveux noirs. Je n'osai pas lutter.

Les broussailles autour de nous furent secouées et les guerriers nous entourèrent. Je m'affalai contre mon ravisseur à la chevelure noire, mais il m'attrapa rapidement, me tournant afin de faire face au guerrier qui semblait être leur chef.

Le blond était tellement immense, mon cou devait s'incliner en arrière pour le voir. Il s'avança et je ne pus m'empêcher de trembler si fort que je serais tombée si le guerrier aux cheveux foncés n'avait pas été à pour me soutenir. Tous mes instincts me hurlèrent que c'était un homme voilent, une bête, un monstre dangereux et que je devais m'enfuir.

Il tendit le bras et je tressaillis.

Ses mains firent un arrêt.

Il déglutit, comme s'il essayait de se rappeler comment utiliser sa voix.

— Brenna.

Mon nom n'était rien de plus qu'un léger grognement.

— Nous ne te voulons aucun mal.

Je l'étudiai. Aussi énormes que fussent ces guerriers, le blond était l'un des plus grands. Il marcha légèrement, ses muscles se gonflant. De grandes mèches de cheveux blonds effleuraient ses vastes épaules. Son visage était décharné et à moitié couvert d'une barbe, mais ses beaux sourcils dorés au-dessus de ces magnifiques yeux sont ce qui le différenciait vraiment des autres.

Lorsque son regard capta le mien, ses yeux brillèrent.

Ses mains touchèrent mon visage, un pouce caressant mes lèvres. Il inclina ma tête d'avant en arrière. Il repoussa mes cheveux de mon cou. Je fermai les yeux, sachant ce qu'il voyait, les marques blanches et les tissus noueux, guéris en une cicatrice difforme qui avait pris ma voix, et presque pris ma vie.

Je me souvenais à peine de l'attaque : une grande forme sombre me fonçant dessus depuis l'obscurité, puis la douleur. Une grande douleur. Ma mère m'avait dit que j'avais été proche de la mort pendant plusieurs jours. Personne ne pensait que je survivrais, mais j'y étais arrivée.

Quelques-uns pensaient qu'il aurait été préférable que je ne survive pas. Même si j'étais guérie de l'attaque, les cicatrices marquaient mon visage et ma vie. Les garçons avaient pour habitude de me courir après dans les rues pour me jeter des choses. J'avais donc grandi en apprenant à me mêler à l'obscurité. À me déplacer silencieusement pour ne pas attirer l'attention sur moi. Plus tard, lorsque ma mère se maria avec mon beau-père, j'appris à me tapir et me cacher.

Son corps est assez joli, avait dit mon beau-père. *Mets juste un sac sur sa tête pour pouvoir la supporter.*

À présent mon nouveau propriétaire inclinait ma tête d'un côté et de l'autre, observant la cicatrice. Il hocha la tête, paraissant satisfait.

— La marque du loup, affirma-t-il d'une voix rauque.

Une onde se propagea parmi l'assemblée d'hommes et les autres guerriers se rapprochèrent. L'homme aux cheveux ébène me tint fermement, des bras forts entourant mon corps.

J'aurais aimé pouvoir demander ce que voulait dire le guerrier blond.

Les hommes m'entourèrent, fixant mes cicatrices hideuses.

Mon ravisseur blond libéra ma mâchoire et je baissai de nouveau la tête, honteuse. Ses grandes mains rugueuses me saisirent de nouveau la tête et la levèrent, mais cette fois, il la tint dans le creux de ses mains.

Je fermai les yeux. Je ne pouvais même pas hurler. J'appartenais désormais à cet homme. Je m'étais résignée à vivre une vie avec un visage défiguré, non désirée et malaimée, mais je n'aurais jamais pensé finir esclave.

— Brenna

L'ordre vint dans un grognement rauque.

— Regarde-moi.

Curieusement j'obéis et croisai le regard ferme du chef. Quelque chose dans cette lueur dorée me captiva et je me sentis plus calme.

— N'aie pas peur.

Sa gorge gesticula pendant un moment, comme s'il essayait de se souvenir comment parler.

— Est-ce vrai que tu ne peux pas parler ?

J'acquiesçai.

— Peux-tu lire ou écrire ?

Je secouai la tête. C'était la conversation la plus étrange que j'eus de mes dix-neuf années.

Il parut frustré, échangeant des coups d'œil avec le guerrier qui me supportait.

Une voix parla dans mon oreille, encore irrégulière et gutturale, mais un peu plus clairement qu'avant.

— Nous aimerions trouver un moyen de te parler.

Celui qui parlait me tourna pour lui faire face et je tressaillis quand il approcha sa main. Mais tout comme le blond l'avait fait, il examina seulement les cicatrices.

Avant qu'il ait fini, tous les guerriers s'étaient dispersés. L'homme aux cheveux noirs toucha ma joue et je fis une grimace, réalisant qu'il y avait un hématome sur mon visage dû au coup de mon beau-père.

Le blond s'approcha et un son ressemblant à un grognement gronda dans sa large poitrine.

— Brenna, dit-il. Nous ne te ferons aucun mal. Je le promets. Personne ne te fera plus aucun mal.

Le guerrier à la chevelure foncée prit quelques mèches de mes cheveux dans sa main, les agrippant légèrement et les soulevant vers son visage. Il respira mon odeur, puis me regarda avec des yeux brillants et dit d'une voix claire.

— Tu nous appartiens désormais.

* * *

LE RESTE de la nuit passa en un clin d'œil. Nous marchâmes dans les bois, cachés dans l'épaisse obscurité, et nous allâmes le long d'un chemin. Des guerriers étaient positionnés à l'avant et à l'arrière et moi, j'étais en sûreté au milieu.

Finalement, la fatigue prit le dessus et je trébuchai. En un instant, le guerrier aux cheveux ébène me fit basculer dans ses bras et la cadence du groupe augmenta. Sa main se leva, pressant mon visage contre son cou.

Je dus m'endormir, car quand je me réveillai de nouveau, le blond me portait. Je levai la tête en clignant des yeux sous la lumière des étoiles et l'air froid de la nuit. Les guerriers avaient sans doute marché toute la nuit, et ils continuèrent de grimper en suivant un sentier vers le haut de la montagne. Je m'éveillai un peu et regardai dans les yeux dorés du leader.

— Dors, grogna-t-il. Presque arrivés.

* * *

JE NE SAIS PAS COMBIEN de temps je dormis, mais je rêvai. La lumière des étoiles laissa place à une obscurité plus profonde. J'étais en sécurité et au chaud avec deux guerriers se penchant sur moi, de larges mains passant mes cheveux au crible. L'un d'eux sortit un poignard et découpa ma robe, et puis des mains commencèrent à caresser mon corps. Leurs caresses alimentèrent mon désir brûlant et dans mon rêve, j'eus très envie d'attirer leurs corps vers le mien, les priant sans mot de me rassasier.

À la place, je restai immobile pendant qu'ils me

touchèrent avec des doigts respectueux. Je les entendis parler à voix basse. Ils n'utilisèrent pas de mots et pourtant, je les compris.

— La sorcière avait raison. Elle calme le loup.

Un grognement d'approbation, puis une pause.

— Je peux sentir sa chaleur.

— Patience, mon frère. Nous avons attendu tout ce temps.

Ils s'étendirent à mes côtés, tout en me caressant. Dans l'obscurité, leurs yeux brillèrent.

— Mon frère, dit l'un d'un ton de stupeur. La bête se repose.

— Comme la mienne.

— Cela faisait si longtemps.

— Trop longtemps. Mais la lutte est finie à présent. La bête dormira à nouveau.

CHAPITRE 2

*J*e me réveillai bercée de douceur, mon corps un peu trop chaud. De la sueur dégoulinait sur mes seins nus. Ma robe était partie ; le souvenir des guerriers me déshabillant, au moins, ne fut pas un rêve.

Au moment où je bougeai, je touchai un corps étendu devant moi et mes yeux s'ouvrirent brusquement. Un guerrier était étendu près de moi, sa large forme au repos. Nous nous reposions dans une pile de peaux, au sein d'une salle sombre éclairée d'un feu. Dans mon sommeil, je m'étais tournée face au guerrier à la chevelure ébène et à peine un centimètre séparait ma poitrine nue et la sienne.

M'étirant un peu, je repoussai l'épaisse fourrure qui me couvrait.

Son corps était tellement chaud. Je me tortillai un peu, et les yeux de l'homme s'ouvrirent et brillèrent. Je rencontrai son regard sans peur. Nous n'avions partagé qu'une nuit et la moitié d'une journée, mais son expression amicale me fit me sentir à l'aise. Son sourire était de bon augure pour ma vie en tant qu'esclave.

— Brenna, m'accueillit-il de sa voix, remplie de sommeil,

mais qui pourtant sonnait plus distincte à mes oreilles. As-tu bien dormi ?

J'acquiesçai. Il roula de côté, me faisant face, et son immense poitrine musclée remplit mon champ de vision. Une part de moi voulait se recroqueviller et reculer, mais je me souvins qu'il était mon nouveau maître. Aussi bien me poser là et le laisser faire ce qu'il voulait. Et puis, j'étais confortable sur les peaux.

Le guerrier se rapprocha, ses yeux marron clair brillant de lumière. Je pouvais discerner chaque cil noir. Doucement, comme pour ne pas m'effrayer, il leva une grande main rugueuse et toucha mon visage avec plus de délicatesse que ce que j'aurais pu croire. Je baissai les yeux alors qu'il me caressait, le laissant prendre des libertés, lissant ma peau et repoussant mes cheveux en arrière.

Aussi étrange que cela fût, j'appréciai être étendue aux côtés d'un homme que je ne connaissais pas, celui-là même qui m'avait achetée dans les bois lors d'une humiliante transaction, et je savourai la sensation des gentils doigts rugueux du guerrier. Une paria comme moi n'était pas souvent touchée. Cela faisait du bien.

Je réalisai trop tard qu'il explorait ma cicatrice et rejetai ma tête en arrière.

— Shhh, reste tranquille. Je ne te ferai pas de mal.

Ma main alla couvrir le côté balafré de mon cou et mon visage.

Il me fixa avec des yeux honnêtes.

— Tu n'aimes pas ?

Je secouai la tête. La cicatrice était mon cauchemar, ma malédiction. Me rendit trop immonde pour me marier avec un garçon du village et seulement digne d'être esclave.

Ma main fit pression plus fortement, mais il la prit et l'enleva de mon visage, fronçant un peu les sourcils en examinant les marques en dessous. Bien que je voulusse lutter, je restai immobile. Il n'était pas mon amant secret ni un ami. C'était un guerrier qui m'avait achetée et payée. Je devais m'en souvenir si je voulais survivre.

Ma nouvelle raison d'être dans la vie fut de faire plaisir à mes nouveaux maîtres. Plus je tiendrais longtemps et resterais en vie, plus grandes seraient mes chances de trouver un moyen de m'échapper un jour.

Je me raccrochai à cette pensée en fixant mon partenaire aux cheveux noirs, clignant rapidement des yeux pour retenir les larmes.

— Rien de bien mauvais, fille. Seulement une petite marque. Cela te rend différente, mais c'est pas assez pour t'enlever ta beauté.

Je clignai des yeux. Personne ne m'avait jamais dit que j'étais belle. Le guerrier repoussa ma main de mon visage et la baisa. Ses lèvres s'appliquèrent sur ma paume, me chatouillant avec son menton et sa mâchoire. La peau autour de ses yeux se plissa d'un sourire espiègle.

D'un coup, je sentis une chaleur envahir toutes mes parties les plus secrètes. Mon ventre se serra et se remplit de désir.

Le torrent de désir fut si soudain et choquant, j'essayai automatiquement de retirer ma main.

Il ne lâcha pas prise. Tournant ma main, il déposa des baisers le long de mon poignet, suçant légèrement la peau au niveau de mon pouls. Les battements de mon cœur firent un bond de manière révélatrice, et il fit un large sourire.

— C'est cela, Brenna. Voilà une bonne fille.

Ses yeux prirent feu, brillant de cet éclat mystique.

Malgré moi, je me décalai, sentant l'excitation telle une flaque humide entre mes jambes.

Il fit une pause, humant l'air. Si je pensais que ses yeux étaient dorés auparavant, ils brûlaient d'une manière dix fois plus intense lorsqu'il pencha sa tête plus proche de moi.

Lentement, il baissa sa tête, prêt à toucher ma bouche avec la sienne... Captivée par ces magnifiques yeux, je n'aurais pu bouger même si j'avais essayé.

Quelque chose se déplaça derrière moi et je sursautai, puis paniquai. J'entraperçus une chevelure dorée alors que je commençai à me débattre. Il y avait un autre homme dans le lit. En faisant une fixette sur le guerrier à la chevelure foncée, je n'avais pas remarqué la deuxième forme massive.

Avant que je puisse me lever, il m'attrapa et tira mon corps tremblant de nouveau sur les peaux.

— Reste tranquille, gronda une autre voix.

Je m'immobilisai immédiatement. Le son bestial fit dresser mes cheveux à l'arrière de mon crâne.

Le guerrier aux cheveux sombres enveloppa ses bras costauds autour de mon torse. Ses cuisses reposèrent sur mes jambes, me capturant entièrement.

— Du calme, fille, respira-t-il dans mon oreille. C'est seulement Samuel.

Je tournai doucement ma tête vers Samuel et rencontrai le regard sauvage du guerrier.

— Te souviens-tu de Samuel ? Il t'a portée jusqu'en haut de la montagne. Ne le rends pas triste. Il va grogner d'un air bourru et bouder toute la journée.

Mon front se plissa jusqu'à ce que je réalise qu'ils se moquaient de moi. Sous la courte barbe, la bouche de Samuel s'adoucit un peu de son expression sérieuse.

— Tu commences sans moi, Daegan ? parla-t-il par-dessus ma tête à son frère d'armes.

— Juste un p'tit baiser.

Le guerrier à la chevelure ébène me fit rouler sur mon dos afin que je puisse les voir tous les deux. Je déglutis, essayant de ne pas montrer sur mon visage à quel point j'étais intimidée.

Ils se dressèrent au-dessus de moi, l'un sombre et l'autre

clair. L'un intense et sérieux, l'autre avec une brillante lueur espiègle dans les yeux.

Leurs caresses devinrent audacieuses. Une main effleura ma hanche.

Le pire était la façon dont mon corps répondait. Je me décalai anxieusement alors qu'un picotement de chaleur s'enroula dans mon corps. Je le combattis, fermant les yeux.

— Ouvre.

L'un des guerriers grogna, poussant mes cheveux hors de mon visage.

Je le fis et il me récompensa en se penchant comme pour m'embrasser. Il inspira profondément, puis releva sa tête.

— Tellement bon, commenta-t-il à son frère.

— Exactement comme l'avait dit la sorcière.

Samuel fit courir un long doigt sur le côté de mon visage.

— Le sens-tu ?

— Je le sens, confirma le blond.

Leurs voix étaient toujours rauques et graves, mais elles étaient plus fortes.

L'homme aux cheveux noirs se cabra au-dessus de moi, s'installant à mes côtés alors que je m'allongeais en le regardant.

— Brenna, dit-il, plaçant sa main sur ma poitrine comme il l'avait fait la nuit dernière.

Sa voix était plus claire que le grognement guttural auparavant entendu. Il plaça sa main sur sa poitrine, et cette fois, je compris son nom.

— Daegan.

Il sembla attendre une réponse de ma part, alors j'acquiesçai.

— Samuel, dit l'autre.

Comme dans mon rêve de la nuit dernière, leurs mains caressèrent tout mon corps. En commençant par mon visage et en glissant le long de chaque bras, leurs mains me touchèrent et me caressèrent.

Samuel frôla ma poitrine, mon téton se durcit soudainement et je sursautai.

— Shhh, détends-toi, dit le blond. Tout va bien.

— Tellement agréable, ajouta Daegan, faisant courir un seul doigt le long de mon bras, envoyant des frissons dans tout mon corps.

— Aimes-tu nos caresses, fille ?

Je clignai des yeux vers lui, effrayée de ne pas acquiescer ou secouer la tête. Une part de moi aimait ça, et une part de moi savait que je ne devrais pas. Tout cela arrivait bien trop vite.

— Tu es nôtre maintenant, Brenna. Nous t'avons acheté, car nous voulions une femme pour partager notre lit. Nous pensons que tu es cette femme, dit Samuel.

— Obéis-nous, fille, et nous te chérirons, te protègerons et nous te donnerons du plaisir.

J'étais étendue, rigide, essayant de donner un sens à leurs mots dans ma tête. Les évènements de la journée et nuit d'hier faisaient encore fouillis dans ma tête.

Daegan enveloppa sa main autour de ma cheville et je dus me forcer pour ne pas lui donner un coup. C'était sa cheville maintenant, à caresser ou briser comme il le sentait. J'étais leur esclave.

La peur dut se sentir sur mon visage, car Samuel parla d'un ton réconfortant.

— Du calme Brenna, donne-toi à nous. Nous t'avons longtemps attendue.

Je clignai des yeux. Ils m'avaient attendue ?

Le grand chef me caressa la joue.

— Nous te possédons maintenant et nous ferons attention à toi et te protégerons. Il ne te sera jamais fait de mal.

Son pouce vint à mes lèvres et courut sur la peau sensible

de celles-ci. Mon cœur battit plus vite, mais pas uniquement de peur.

Il soupira.

— J'aimerais que tu puisses nous parler. Je donnerais tout pour connaître tes questions. Pour faire partir la peur de tes yeux.

J'essayai de me détendre. Ces hommes m'avaient achetée, mais maintenant il cherchait à me réconforter.

Samuel se décala au-dessus de moi et épingla mon regard de ses yeux intenses. Daegan se positionna près de ma tête, la blottissant dans le creux de son bras et jouant avec mes cheveux.

— Nous veillerons sur toi maintenant.

Samuel s'éleva au-dessus de moi, éloignant la peau de fourrure de mon corps. Je fus incapable de bouger comme si, apeurée, je me fus transformée en pierre. J'étais étendue nue devant ces magnifiques guerriers, qui festoyaient sur ma chair de leur regard doré.

— Adorable, dit Daegan, et je passai de l'état de peur à celui d'excitation en quelques secondes.

Samuel se pencha et ses cheveux vinrent caresser le haut de mes cuisses, puis il inclina la tête, comme pour me humer.

J'essayai de fermer mes jambes, mais il les tint ouvertes. Daegan me souleva afin de pouvoir me tenir à moitié sur ses genoux, ma tête contre sa poitrine. Il tendit les bras et mit ses paumes sur mes cuisses pour les garder ouvertes pour son frère d'armes.

Piégée, je commençai à lutter. Malgré leurs mots doux, je ne connaissais pas ces hommes ou ce qu'ils feraient de moi.

— Brenna, prononça comme un ordre Samuel. Tiens-toi tranquille. Nous ne te ferons aucun mal. Tu es notre bien le plus précieux.

Daegan caressa l'intérieur de ma cuisse.

— Tu l'sais pas pour l'instant, mais tu le comprendras bientôt.

Samuel passa ses doigts sur mon centre.

— Cela nous appartient maintenant.

Il bougea un peu ses mains et mes hanches se décalèrent de leur propre volonté, en réponse.

Si j'avais pu crier ou faire un petit bruit d'envie, je l'aurais fait.

Bien trop tôt, il enleva ses doigts, sentant ma mouille, puis la goûtant.

Ma propre bouche s'ouvrit en un halètement silencieux, donnant raison à Daegan. Une main quitta mes cuisses et attrapa gentiment mes cheveux, les repoussant pour qu'il puisse m'embrasser. Ses lèvres touchèrent les miennes, picorant et m'invitant, avant que sa tête se penche pour boire plus profondément ma bouche. Je restai immobile, choquée par mon premier baiser.

Il se recula avec une lueur espiègle dans ses yeux.

— Aimes-tu ça ?

Son front se releva, me défiant presque de dire non.

Je le regardai juste fixement.

Samuel sourit presque.

— Laisse-moi réessayer.

Daegan sourit, satisfait avant de se pencher et de titiller mes lèvres avec sa langue. La chaleur éclata en moi.

— À mon tour, s'avança Samuel. Daegan me tint tendrement alors que le grand homme prit mon visage entre ses mains, m'attirant vers l'avant de ses doigts tendres avant de toucher mes lèvres avec les siennes. Tout comme son frère d'armes, il avait un bon goût de propre, et lorsque mes lèvres se séparèrent, sa langue glissa à l'intérieur.

Le temps que le baiser se finisse, je respirai fortement. De la chaleur humide formant une flaque en mon centre.

Samuel prit son temps, m'embrassant à nouveau, puis

offrant de nouveau ma bouche à Daegan. Leurs mains passèrent sans arrêt sur ma peau, caressant mes bras, mes seins, mes hanches et ma taille, jusqu'à mes jambes. Entre les quatre mains et les bouches jumelles, ils ne laissèrent aucune partie de mon corps sans caresse... sauf une.

Après un moment mes jambes restèrent ouvertes de leur propre chef, mon centre exposé et suppliant d'avoir de l'attention.

La chaleur monta en moi plus forte que jamais auparavant, le feu alimenté par les caresses préliminaires de deux hommes. Je la combattis comme je l'avais toujours fait, luttant pour rester moi-même, pour rester fidèle à Brenna. À chaque baiser, chaque caresse, chaque coup de langue sur mon cou ou mon genou, je me perdis moi-même un peu plus.

Samuel se recula un moment et je m'émerveillai de ce répit. Ses longs cheveux ruisselant devant son imposante poitrine. Daegan était de plus petite constitution, mais pas de beaucoup. Chaque mouvement mettait en scène un flot de muscles, allongés et ciselés.

C'étaient des hommes forts, avec des vies rudes, et je devais m'étendre avec eux deux.

Ils s'émerveillèrent devant ma douceur, commentant en me caressant.

— Tellement douce. Sens ça.

Des mains englobèrent ma poitrine et je me voutai en arrière, ma respiration se faisant plus rapide alors que j'en demandai plus sans un mot.

— Une fille tellement belle. Tellement parfaite pour nous.

Les grandes mains de Samuel firent une trace le long de la courbe de ma hanche.

— La perfection.

Les doigts de Samuel caressèrent mon entrejambe, son toucher léger comme une plume.

— Détends-toi ma douce, nous allons maintenant te donner du plaisir.

À ces mots, mon corps convulsa.

— Devrions-nous l'attacher ?

Daegan me serra plus près dans ses bras.

— Avons-nous besoin de t'attacher, fille ? Je sais que tu es nouvelle et apeurée, mais nous te possédons maintenant. Nous ferons ce que nous souhaitons de ton corps, et y ferons toujours attention. Là, tout de suite, Samuel va te donner du plaisir.

— Te soumettras-tu à nous, Brenna ?

J'acquiesçai. Quel choix avais-je ?

Les caresses du grand homme firent des cercles près de mes parties intimes et une excitation que je n'avais jamais sentie auparavant fit feu en moi. Je devins une créature vide de tout, sauf de désir.

Cela m'effraya. Samuel fit une pause alors que mes mains paniquées attrapèrent les siennes.

Daegan attrapa mes poignets et je me jetai contre lui, paniquant franchement.

— Respire, Brenna. Mon frère guerrier va te donner du plaisir. Tu ne peux le combattre. Détends-toi juste et donne-toi à nous.

Ses mains tenant mes jambes ouvertes, Samuel s'étendit entre. Je sentis une chaude respiration entre mes jambes. D'abord, des baisers en haut de mon genou puis une langue touchant mon centre. Les caresses se transformèrent en léchouilles. Cela faisait tellement du bien que je ne pus lutter contre les bras d'acier qui me retinrent. Non pas que j'eus envie de me débattre. Le désir et la peur se firent la guerre à l'intérieur de moi, mais le désir gagna.

Daegan me félicita alors que je me détendis.

— C'est bien petite. Tu étais faite pour ça.

— Tu es née et a été marquée pour nous, et nous t'avons

attendue si longtemps, ajouta Samuel. Puis, il mordilla l'intérieur de mes cuisses, se rapprochant de plus en plus de ma fente humide. Le temps que sa bouche arrive à destination, j'étais mouillée et prête à le recevoir.

Je n'en savais que très peu sur les rapports sexuels : j'avais vu des couples dans les bois ou deviné suite à quelques blagues crues que j'avais entendues. Puis, il y eut les rencontres violentes avec mon beau-père avant de me décider à me battre en retour.

Mais je n'avais jamais expérimenté tant d'attention et de gentillesse des mains d'un homme, encore moins de deux guerriers qui pourraient me tuer aussi rapidement que me caresser.

Alors que les doigts de Daegan faisaient des cercles autour de mes tétons, sa bouche embrassa mon cou et mes épaules. Ses lèvres glissèrent sur ma cicatrice, mais je ne fis plus attention.

Samuel trouva mes lèvres d'en bas et fit passer sa langue entre, mon désir atteignant le paroxysme. Ma respiration changea, devint langoureuse et complice.

Une petite partie de moi combattit mon désir grandissant, essayant de conserver ma présence d'esprit. Deux hommes me tenaient dans leur lit, savourant avec joie mon corps.

Le besoin se pressa dans mon corps, cette chaleur qui se déclarait chaque mois depuis que j'étais devenue femme à mes premiers saignements... Durant la pleine lune, mes seins devenaient lourds et mon corps entier se languissait... non de douleur, mais d'un désir agréable... Non contrôlé, j'aurais voulu sortir et m'accoupler comme un animal, tel un chien comme m'appelait mon beau-père.

Je ne pouvais pas perdre le contrôle, mais à présent deux hommes me tentaient.

— Laisse-toi aller, petite. Donne-nous ton plaisir, chuchota Daegan d'une voix rauque.

Leurs lèvres, leurs langues et leurs doigts étaient insistants, incessants. Je commençai à me sentir à la limite du précipice.

Je haletai alors que je me brisai. Le plaisir inonda mon monde, m'emmenant de plus en plus haut, au-delà des sensations.

Alors que je redescendis, je réalisai que j'étais la personne qui criait. Dans mon plaisir, ma gorge s'était ouverte et des sons en étaient sortis. Gutturaux, des sons affreux. Le bruit d'un monstre.

Je fermai fort les yeux, honteuse. Perdre le contrôle fut plus humiliant qu'avoir peur pour sa vie, qu'être vendue par mon détestable beau-père, et que laisser deux hommes me donner du plaisir. Je devais me souvenir de qui j'étais. Je devais rester alerte pour pouvoir m'échapper. Mes sœurs comptaient sur moi.

— Ouvre tes yeux, Brenna, commanda Samuel.

Les deux hommes paraissaient contents d'eux.

Les doigts du blond me caressèrent la joue, soulevant une larme, et il fronça les sourcils.

— Oh, petite fille.

Daegan se glissa plus proche, ses cheveux ruisselant sur mon corps nu.

— Tout va bien. Tu es en sécurité ici.

— C'est beaucoup à digérer, dit Samuel. Mais nous t'attendions depuis si, si longtemps.

CHAPITRE 3

près mon orgasme, Samuel disparut de la pièce à l'estrade couverte de peaux. Il m'aida à me mettre debout et me guida, toute nue hormis mes cheveux détachés, hors de la caverne, le long d'un couloir jusqu'à une autre grotte.

Il y avait de la lumière dans la caverne provenant d'un brasier allumé. Le couloir avait une espèce de lumière naturelle, je me dépêchai de suivre Daegan, la pierre fraiche sous mes pieds.

Nous étions à l'intérieur d'une montagne. Quelqu'un avait dû creuser cet endroit dans la pierre. J'avais entendu parler de nains dans les collines, mais je pensais qu'ils étaient également mystiques.

Mes seins durcirent et mon corps frissonna quand nous entrâmes dans une autre salle. Un air chaud plein de vapeur vint entourer mon corps. Nous étions dans une autre grotte, où de l'eau chaude bouillonnait hors de la pierre.

Daegan me fit un large sourire.

— Tu aimes, fille ?

J'acquiesçai brusquement, les yeux écarquillés. En tant

qu'exclue à peine tolérée, je m'isolais souvent dans la forêt, me baignant dans un ruisseau forestier. Mes habitudes de propreté me caractérisaient comme quelqu'un d'étrange.

Il semblait que ces guerriers appréciaient également les bains.

Suite à ses encouragements, j'allai dans l'eau, laissant la chaleur envelopper mes jambes. À l'endroit le plus profond, l'eau m'allait jusqu'à la taille. Daegan me laissa jouer dans la chaleur, éclaboussant et m'allongeant afin que l'eau me recouvre jusqu'au cou.

Je fermai les yeux et prétendis être à la maison, ou dans quelque endroit luxueux, une princesse sans aucun souci au monde.

Un bruit d'éclaboussure me remit debout. Daegan pataugeait dans l'eau, son corps nu découpant l'eau en une ligne droite dans ma direction. La chaleur dans ses yeux me fit rougir.

Je baissai mon menton pour cacher mon cou et couvris ma poitrine avec mes bras. Autre mes cicatrices, je savais que mon visage et mes formes plaisaient. Lorsqu'ils se fatiguaient de me jeter des cailloux et de m'insulter, les garçons de mon village essayaient de me trouver lorsque je prenais mon bain. J'avais appris à me cacher, en particulier quand mes chaleurs se pointaient. Durant ces périodes de profond désir, j'observais la peau parfaitement ferme de mon ventre et de mes seins, les courbes de mon derrière et de mes jambes solides. Seule, esclave du désir, je me sentais magnifique.

Je m'étais sentie comme ça dans le lit entre les guerriers, mais mille fois plus.

La vue du guerrier s'approchant, excité et féroce, avec de l'eau ruisselant sur ses formes musclées et fermes, me rendit soudain timide. Mon cœur battit plus vite, et je tournai le dos, prétendant explorer la grotte. Comme je m'y attendais, sa main caressa mon dos, me rappelant à quel point je m'étais si peu fait toucher au cours de ma vie. Jusqu'à maintenant.

Il me tourna pour lui faire face.

— T'as faim ?

Je secouai la tête.

— Moi oui.

Il me prit dans ses bras et inclina la tête vers le bas, se nourrissant de mes lèvres, me bécotant doucement avant de les séparer et d'insérer sa langue à l'intérieur. Son corps se pressa contre le mien, et le feu me revendiqua de nouveau alors que son baiser et sa proximité balayèrent mon contrôle. Si mes yeux marron clair pouvaient briller comme les siens, ils seraient enjoués et brûlants de désir.

Quand il finit son baiser, je me cramponnai à lui, les bras encerclés autour de son cou pour qu'il ne puisse pas partir.

— Oh, petite.

Il grogna et pressa son visage dans mon cou. Il sembla respirer mon odeur comme si j'étais une source d'air.

Un bruit et nous levâmes tous les deux la tête. Samuel se tenait au bord de l'eau, ses yeux dorés brillant, sa forme massive nue couverte partiellement d'un pagne.

— Est-ce que tu vois mon frère d'armes ? chuchota Daegan. Il attend que tu l'invites à nous rejoindre.

Je m'agrippai aux bras de Daegan.

— Nous avons tous les deux besoin de toi, petite fille, respira-t-il. Veux-tu qu'il vienne aussi ?

Mon maître voulait que j'accepte quelque chose. J'acquiesçai.

Samuel détacha son pagne et j'entrevis rapidement son bâton massif avant qu'il entre dans l'eau. Le membre de Daegan tapota mon fessier, ferme et prêt.

Quelque chose en moi se rompit, comme une corde d'archet soudain brisée.

Je me tortillai pour me dégager des bras de Daegan,

sachant que je ne pouvais m'échapper, mais devant essayer. Il m'éloigna de lui alors que Samuel s'arrêta. Les bras des deux hommes m'encerclèrent doucement.

— Nous désires-tu, petite chose ?

Je déglutis fortement.

— Elle a peur, dit Samuel.

— Peu importe. Elle est à nous à présent.

Les mains de Daegan m'effleurèrent les flancs, prirent mes seins dans leurs paumes, les pelotant. Malgré moi, je me détendis à son toucher, même si je fixai le regard doré de Samuel. Ses yeux étaient tellement brillants.

Les mains de Daegan glissèrent vers le bas me bloquant les hanches. Samuel vint, se pencha et m'embrassa. C'était trop, les mains de Daegan caressant de long en large mon buste, les mains de Samuel sur mon visage, sa bouche sur la mienne, me buvant à grandes gorgées.

L'excitation afflua en moi comme un feu. Les mains de Samuel allèrent vers mes jambes, Daegan saisit mes hanches et les deux hommes me soulevèrent.

— Nous allons te prendre maintenant, chuchota Daegan. Tu connaîtras ton plaisir, et le nôtre.

Ma tête tomba en arrière sur la poitrine de Daegan alors que Samuel se posa contre mon centre mouillé.

Son membre frotta de haut en bas, je fermai les yeux, sentant chaque partie de moi se serrer.

Il laissa tomber mes jambes.

— Pas ici, dit-il à son frère d'armes.

Daegan me donna à Samuel et le blond me souleva, me portant rapidement jusqu'à la salle avec les peaux. Mes bras se posèrent autour de son cou et je fixai ses yeux dorés.

— Du calme, petit amour, me chuchota-t-il. Pas besoin d'avoir peur.

Il me déposa sur les peaux et m'invita à m'y étendre.

— Nous nous assurerons que tu trouves ton plaisir.

De nouveau les douces caresses le long de mes jambes, m'amadouèrent pour m'ouvrir. Cette fois, je laissai ma tête s'affaisser en arrière et mon esprit s'échappa afin d'apprécier les mains malaxant ma peau.

— Magnifique, dit quelqu'un près de ma tête et j'ouvris les yeux.

Daegan s'allongea près de moi, m'embrassant. Il avait un goût sucré.

En même temps, Samuel lécha ma jambe jusqu'à mes douces lèvres inférieures, trouvant et léchant mon bourgeon du plaisir. Avec un guerrier au-dessus et un en dessous, dominant et réclamant, mon orgasme me fit me soumettre, et Samuel continua de travailler entre mes jambes. Les lèvres de Daegan mordillaient mon cou et mon pouls avant de passer à mes oreilles, sa langue se plantant à l'intérieur. La sensation voyageant jusqu'à ma chatte lancinante. Ma bouche s'ouvrit en un cri silencieux.

— C'est cela, petite chose, dit Daegan, sa voix rauque, mais douce. Prends du plaisir. Tes maîtres l'ordonnent.

J'atteignis de nouveau mon paroxysme et me sentis me soulever jusqu'au précipice une troisième fois avant que Samuel s'installe entre mes jambes et se positionne à mon entrée. Mes yeux s'écarquillèrent, mais, molle de plaisir, je ne pouvais bouger.

Il s'enfonça, juste sa tête, m'ouvrant pour lui. Puis, il s'arrêta et grogna.

— Tellement serrée.

Daegan se posa à côté de moi et souleva le drap de cheveux hors de mon cou afin qu'il puisse accrocher sa bouche à cet endroit, suçant. La sensation se révéla si intense. Mon corps s'arqua, s'efforça de se relâcher et Samuel glissa à l'intérieur.

Ce fut merveilleux.

Samuel poussa plus profondément et s'affaissa sur moi, son gémissement plus fort.

— Tellement bon.

Il prit une profonde inspiration.

— Cela faisait si longtemps.

En dépit du soin de Samuel à me préparer, il ne se retint pas en commençant à s'enfoncer en moi. Ses muscles se compressèrent alors qu'il poussa en moi, des mouvements fermes qui ébranlèrent mon être de nouveau sur les peaux. Mon corps l'accepta, l'humidité se déversant de mon centre brûlant.

Mes propres muscles se serrèrent autour de son large membre.

— Brenna, respira-t-il rempli de vénération.

Une large main s'étendit sur ma poitrine, glissant vers mes hanches. Il agrippa mes deux fesses et s'actionna plus fermement en moi. Le martèlement m'amena jusqu'au bord et me fit basculer de nouveau par-dessus.

Je serrai les peaux. Il finit, s'enfonçant profondément pour se répandre en moi.

— Tellement bon, répéta-t-il.

Sa voix de nouveau un grognement rauque. Il se retira et effleura mes lèvres d'un baiser, puis Daegan prit sa place entre mes jambes.

Je dérivai dans un autre monde alors que le guerrier à la chevelure noire me baisa rapidement et sauvagement. Samuel joua avec mes cheveux, passant un doigt sur mes lèvres, y étalant un peu de ma mouille. Son doigt titilla ma bouche pour l'ouvrir et il me fit sucer son doigt pendant que Daegan me pilonna pour finir. Alors qu'il jouit d'un cri, le guerrier aux cheveux ébène se baissa pour frotter mon petit bourgeon. C'était trop, et j'essayai d'attraper son poignet et de l'arrêter, mais Samuel repoussa mes mains.

Le large sourire de Daegan remplit ma vision alors que le plaisir me percuta encore une fois. Mon corps se secoua.

Je reposai flasque sur les peaux, suante et épuisée, pendant que les guerriers se félicitaient.

— Ouah, mon frère. Je sens que je suis de nouveau un homme, dit Daegan.

— La sorcière disait vrai.

Samuel sembla très satisfait.

— Une petite fille tellement charmante.

Daegan se jeta sur le lit à mes côtés.

— Tu étais exactement ce dont nous avions besoin.

Il m'embrassa, ses lèvres se traînant de ma bouche jusqu'à mon cou. S'installant en arrière, il sourit à Samuel par-dessus mon corps.

— Même si j'aime notre odeur sur elle, notre petit amour a besoin d'un autre bain.

— Mais d'abord une p'tite sieste.

Daegan sembla ravi. Aucun des deux guerriers ne parut fatigué.

Somnolente, je sombrai doucement, mon corps rassasié devenant lourd.

Je réalisai que Daegan avait embrassé ma cicatrice. Par habitude, je tirai mes cheveux humides sur mon cou pour la cacher, et me remémorai les dernières minutes passées, essayant de me rappeler ce que j'avais fait. Avais-je crié ? Est-ce que l'extase avait extirpé un horrible son de ma gorge ? Je m'étais donnée de nouveau à eux. J'avais perdu le contrôle.

Les guerriers étaient encore couchés de part et d'autre de moi, discutant, leurs queues se balançant dans l'air, gominées de mes fluides.

Des larmes coulèrent de mes yeux.

— Oh, petite chose, chantonna Daegan. Ce n'est rien.

Il m'enlaça plus proche, glissant mon dos contre lui, et

nous tourna afin que nous fussions sur nos flancs, faisant face à Samuel.

Le blond caressa mes cheveux, d'un air triste.

— Désolé, Brenna, dit-il. J'aurais aimé que ce soit différent. Nous aurions aimé te courtiser.

Je clignai des yeux en le regardant.

— Cela n'était pas possible.

Ses doigts dessinant sur ma lèvre.

— Nous n'avions plus de temps.

CHAPITRE 4

Quand je me réveillai de ce que Daegan appelait une p'tite sieste, le guerrier aux cheveux foncés était parti. Je levai ma tête lentement, clignant des yeux face à ce qui m'entourait. Les quelques dernières... heures ? Journées ? M'avaient submergée et je n'eus pas le temps de tout assimiler.

Si je n'étais pas étendue sur un lit de fourrures, j'aurais pu croire que ce n'était qu'un rêve.

L'estrade couverte de peaux se tenait au milieu de la salle, qui était en fait une très grande caverne, taillée dans la pierre. Le long du foyer, des brasiers de fer se dressaient comme des sentinelles autour de la salle fournissant de la lumière et de la chaleur supplémentaires. Quiconque avait conçu la pièce avait trouvé un moyen pour que l'air afflue librement, parce que la pièce n'était pas étouffante, même avec le feu.

Le lit sentait encore le cul, une odeur sucrée collant aux fourrures. Mon corps était reposé, mais poisseux, couvert des semences des guerriers.

Ils avaient couvert ma peau de leur sperme tout en m'expliquant la raison de m'avoir prise pour esclave.

— Nous sommes des guerriers, des mercenaires, expliqua Samuel. Nous avons combattu pour de nombreux chefs, et maintenant que le Roi Rouge dirige en paix, nous nous sommes retirés ici. Toute cette montagne est notre maison.

— Nous voulions une femme, dit Daegan avec un large sourire.

Samuel acquiesça.

— Nous avons consulté une sorcière pour savoir qui nous correspondrait. Elle nous a parlé de toi, une femme avec la marque d'un loup.

Il passa un léger doigt sur mon visage, au bord de ma cicatrice. Mes cheveux tombèrent pour couvrir la marque et il se retira.

— C'était toi, Brenna. Nous avons cherché et cherché, et avons finalement repéré ta trace. Ton beau-père aimait l'argent. Nous avons tenté son avidité et t'avons prise.

J'essayai de ne pas paraître fâchée. Ils avaient fait appel à une sorcière pour me trouver ? Pourquoi ?

Ils me cherchaient ? Ils effectuaient des recherches pour moi ? Je ne pouvais pas le croire.

— Donc tu vois, Brenna, tu as été choisie.

Personne n'avait jamais voulu de moi et encore moins recherchée.

— Nous te voulons, petite, dit Daegan. Nous savions quand nous t'avons trouvée, que tu serais nôtre.

Samuel acquiesça.

— Tu apprendras nos habitudes et deviendras nôtre. Tu n'auras rien à désirer tant que tu nous obéis.

— C'est une vie difficile, mais cn'est pas si mal.

Daegan caressa ma poitrine avant de lever des yeux pleins d'espoir vers moi.

Ils agissaient comme s'ils craignaient que je ne les accepte pas. Mais ils ne m'avaient pas donné le choix. Leur bonheur signifiait ma survie.

Après notre discussion, Samuel partit et Daegan me donna plus de nourriture et d'eau, me traitant comme un animal de compagnie dorloté, avant qu'il ne s'endorme à côté de moi. Je m'allongeai en pensant à tout ce qu'ils m'avaient raconté, succombant éventuellement à ma propre fatigue.

Je me réveillai dans la chambre vide. Le feu brûlait faiblement, mais il faisait encore assez chaud pour sortir du lit et explorer. Je mis une peau autour de mes épaules, même s'il n'y avait aucune raison d'être modeste.

L'entrée ouverte de la caverne menait à un couloir et je me demandai si j'oserais essayer de partir, complètement nue et sans aucune idée de ce qu'il y avait derrière la porte. Je marchai le long de la ligne des brasiers, vérifiant les murs de la chambre à la recherche de fissures, ma fuite en tête.

Je sentis la présence de quelqu'un derrière moi avant même de l'entendre. Un picotement me remonta la colonne, une sensation de bourdonnement qui fit lever les poils de ma nuque. Je n'étais pas seule.

Je me tournai, mais c'était seulement Samuel qui se levait de l'estrade de peaux l'air ensommeillé. Je n'avais pas dû remarquer sa large forme sur l'estrade, dormante et recouverte de fourrures.

Le grand guerrier s'assit sur le bord du lit, frottant son visage d'une main.

— Le loup dort, marmonna-t-il. Cela fait des années que je n'ai pas connu un tel repos.

Je le fixai.

— Viens ici, Brenna.

Le chef blond semblait plus strict que Daegan, mais il m'avait dit de ne pas avoir peur de lui. Je m'efforçai de croiser son regard et fis des pas déterminés vers l'estrade jusqu'à ce que je me tienne devant lui. Si mes mains agrippaient un peu plus fermement la peau autour de mes épaules, peut-être qu'il ne le remarquerait pas.

Le coin de ses lèvres se courba alors que je m'arrêtai à un bras de lui.

— As-tu bien dormi ?

J'acquiesçai.

Sa main vint pour toucher mon visage, la faisant finalement basculer sur le côté. Je fermai les yeux, m'efforçant de ne pas pleurer. Je détestais toujours quiconque examinait mes cicatrices.

Il couvrit mon cou de ses grandes mains, ses doigts se posant sur mon pouls.

— Ce n'est pas si mal, dit-il. Juste une cicatrice. J'en ai tellement.

Je le regardai fixement. C'était hideux. Il n'avait pas besoin de me le dire.

Il soupira.

— J'aimerais pouvoir te parler.

Ma main fit une trace le long des larges muscles de sa poitrine. Un doigt trouva une cicatrice noueuse.

Il me fit un petit sourire.

— C'était une flèche lors d'une bataille. Je ne l'ai pas sentie sur le moment, mais me suis effondré par la suite. M'a pris trois jours pour m'en remettre.

Je caressai la chair marquée. Il enleva ses mains de mon cou, prit la mienne et l'embrassa.

— Donc tu vois, Brenna, les cicatrices ne sont pas des marques de honte. Ce sont des marques d'honneur. Témoignant de ce à quoi nous avons survécu.

Je lissai mes cheveux sur mon cou, réfléchissant à ce qu'il avait dit.

Il se leva et me proposa de rester dans la chambre.

— Ce n'est pas prudent pour toi de t'aventurer dehors, petit amour. Comprends-tu ?

J'acquiesçai et il partit seulement pour revenir avec de la nourriture. J'étais heureuse de ne pas avoir entravé sa règle.

L'odeur de viande rôtie remplit la pièce et mon estomac grogna. Je tendis le bras pour attraper un gâteau de froment et Samuel exprima sa désapprobation.

— Je souhaiterais te nourrir, comme Daegan l'a fait.

Ça avait été humiliant ; je rougis. Mes sourcils se froncèrent. Boudant, je tendis de nouveau le bras pour attraper le gâteau.

— Et maintenant, petit amour. Soumets-toi à ma volonté. Si tu es vilaine, tu seras punie.

Il ne semblait pas mécontent, mais satisfait. Il m'installa sur ses larges genoux et apporta chaque morceau de nourriture à ma bouche. Je mangeai bouchée après bouchée, souvent interrompue par un baiser. Ses lèvres jouèrent sur les miennes. Ce n'était pas désagréable, juste irritant. J'étais une femme. Je pouvais me nourrir moi-même.

Quand il fut distrait je pris de la nourriture et lui offris.

Son sourire s'étira sur son visage et les muscles de sa poitrine se secouèrent d'un rire.

— Têtue nous sommes ? C'est bien. Nous avons besoin d'une femme avec de la détermination.

Je le nourris comme il m'avait nourri, tel un petit bébé. Il le toléra, apprécia même, mais seulement parce qu'il trouvait ça drôle.

Quand nous eûmes fini, je me blottis contre son corps et cela aussi sembla le rendre heureux. Il me caressa et joua avec mes cheveux, détendu et sans aucune hâte.

Je commençais à comprendre ce qu'ils signifiaient en disant que je les adoucissais. C'étaient des guerriers habitués à enchaîner les batailles. Cela devait être agréable de rentrer à la maison et retrouver une femme qu'ils pouvaient traiter comme un petit animal domestique. Je supposai qu'acheter leur propre esclave sexuel était plus pratique que partir de la montagne à la recherche d'une prostituée.

Je soupirai, et Samuel repoussa mes cheveux de mon visage.

— À quoi penses-tu, petit amour ? J'aimerais savoir.

Pour la première fois de ma vie, j'étais contente d'être muette, car il ne pouvait me forcer à lui dire.

À la place, nous nous embrassâmes et puis sa main plongea entre nous, trouvant ma chatte glissante. Il me caressa jusqu'à ce que mes yeux brillent et que ma bouche s'ouvre. Puis, il se fraya un chemin sous les peaux pour mettre sa bouche entre mes jambes, me léchant jusqu'à ce que je sente la vague familière de plaisir. Puis, se levant sur moi, il me prit avec son magnifique corps se balançant au-dessus du mien, me dominant, me réclamant.

Je me reposai pendant un moment, rassasiée, alors qu'il partit chercher de l'eau. Nonchalamment, je me demandai s'il faisait jour ou nuit.

Samuel revint et m'installa de nouveau sur ses genoux.

— Tu n'étais pas vierge, dit-il d'un ton détaché. Avais-tu un amant ?

Je secouai la tête, mes mains lissant mes cheveux sur mes cicatrices.

Il fronça les sourcils.

— Il a abusé de toi, n'est-ce pas ? Ton père ?

Beau-père, je corrigeai en silence et acquiesçai. Mes yeux se baissèrent et je tournai la tête de sorte que mes cheveux tombèrent sur mon visage. Mon maître blond repoussa gentiment mes cheveux.

— Tu ne pouvais pas gueuler.

J'avais combattu, en revanche. Est-ce que mes sœurs seraient capables de se battre si elles le devaient ?

Samuel interpréta à tort ma détresse.

— Tu es en sécurité maintenant. Il ne te touchera plus jamais.

Ses mots ne firent rien pour me rassurer. Encore aujourd'hui mon beau-père serait à la maison leur disant… quoi ? Que j'étais morte ? Que des hommes étaient venus et m'avaient emmenée ?

Les jumelles étaient jeunes, mais celle juste plus jeune que moi, Fleur, devinerait la vérité : mon beau-père s'était débarrassé de moi, d'une façon ou d'une autre. Serait-elle assez intelligente pour tenir sa langue, ou dirait-elle ce qu'elle pensait et serait battue ? À quel moment mon beau-père commencerait-il à s'attaquer à elle puis aux deux plus jeunes ?

— Hé.

Mon maître blond prit mon menton dans ses mains. Je ravalai des larmes, essayant de me concentrer sur lui. Je ne pouvais pas penser à mon ancienne vie, je devais me concentrer sur ma survie, et puis m'échapper.

— Tout va bien maintenant petit amour. Je ne laisserai rien t'arriver.

Cette dernière phrase vint en un grognement, et je cachai mon frisson au souvenir du type d'homme qui contrôlait ma vie.

— Il y a beaucoup de choses que tu dois apprendre, mais nous t'éduquerons. La sorcière a bien choisi pour nous.

Sa main guida mon visage en avant, et je me soumis à ses baisers, même lorsque sa bouche bougea vers mon cou, appuyant sur la cicatrice. Ces guerriers étaient obsédés par la marque.

Pour le distraire, je fis quelque chose d'audacieux. Je baissai la tête et embrassai la marque de flèche sur sa poitrine. Il aspira en un souffle alors que je tournoyai ma langue autour de la marque surélevée.

— Oh, petit amour. Tu étais faite pour nous. Nous serons bons pour toi, je te le promets.

Alors que nous nous embrassions de nouveau, Daegan marcha à grands pas dans la chambre. Nous nous séparâmes pour voir le guerrier aux cheveux noirs enlever son justaucorps et ses bottes. Je remarquai un trait d'argent dans sa barbe noire, correspondant à l'argent de la peau de loup qu'il portait.

— Comment était la chasse ? demanda Samuel.

Daegan haussa les épaules, prenant une gorgée d'eau et essuyant sa bouche. Ses yeux restèrent fixés sur moi, brillants et dorés.

— Va à lui, Brenna.

Samuel gloussa.

— Donne un baiser à mon frère.

Je rampai au travers des peaux, souriant pour l'accueillir. Le guerrier à la chevelure sombre sourit et accepta le contact chaste de mes lèvres, puis prit ma tête dans ses paumes et m'embrassa avidement.

Quand il eut fini, il reposa son front contre le mien pendant un temps.

— Merci, petite.

Sa voix semblait lui revenir. Samuel et lui parlèrent de la chasse et des autres guerriers pendant quelques minutes, tandis que Daegan mangeait un peu de viande, m'offrant quelques bouts. J'acceptai en silence, suivant mon rôle, mes oreilles alertes de quelque indice pour m'échapper.

Finalement, Daegan se baissa et tira sur une mèche de mes cheveux.

— Tu t'amuses, Brenna ?

J'hésitai, puis j'acquiesçai timidement.

— T'es vraiment magnifique.

Cette fois le compliment ne me fit pas grimacer. Ces hommes étaient des guerriers coincés dans un camp au sommet d'une montagne. Bien sûr qu'il trouvait que la seule femme présente dans un rayon de 100 kilomètres était la plus belle qu'ils avaient jamais vue.

Je lui souris et me relevai sur mes genoux, tendant les bras vers lui. Je posai une main sur sa poitrine, sentant ses muscles se contracter sous ma paume alors que je l'embrassai. Il avait un goût de bois et de nature. J'en voulais plus. Je penchai ma tête, comme Samuel l'avait fait, et me nourrit du coin de sa bouche, suppliant pour un glissement de sa langue. Il me récompensa, buvant goulûment.

Lorsque nous eûmes fini, je brûlais tout entière. J'entendis à peine Daegan commenter.

— Elle apprend vite.

— Oui.

— Mon loup est calme, remarqua Daegan, tout en me tenant.

— Comme le mien.

— Mieux que de solliciter un prêtre pour exorciser le démon, dit Daegan avec un regard espiègle vers Samuel. Toutes ses prières et offrandes, alors que tout ce dont tu avais besoin était de t'étendre avec une délicieuse jeune fille.

Samuel grogna, un son mécontent. Mon corps se raidit.

Pendant un moment personne ne parla. La pièce sembla plus froide.

Les mains de Daegan soulagèrent mon dos de haut en bas, et le coin de sa bouche se souleva en un petit sourire.

— J'ai fâché mon frère d'armes.

Daegan me tourna pour faire face au blond, qui fixait les murs de pierres, ruminant.

— C'est ton devoir de le faire se sentir mieux. Va le voir, Brenna.

Mon maître aux cheveux noirs me mit sur mes pieds et me poussa un peu. La courte marche me prit du temps. Je fixai la ligne rigide des épaules de Samuel.

Mais quand je l'atteignis et mis une main sur son bras, il s'adoucit.

— Petit amour, soupira-t-il, m'attirant entre ses épaisses jambes musclées. Si douce et si pure.

Même avec lui assis sur la pierre et moi me tenant debout, il restait plus grand. Je me penchai pour l'embrasser, sentant sa barbe, plus soyeuse qu'elle paraissait, m'effleurer le visage.

Ses grandes mains vinrent prendre ma tête entre ses paumes. J'attendis qu'il m'embrasse de nouveau, laissant ses mains m'explorer afin qu'elles me titillent jusqu'au plaisir et me préparent à baiser, mais il sembla satisfait de simplement me serrer près de lui.

Daegan se déplaça dans de la grotte, nourrissant les brasiers.

— Peut-être que tu peux raconter l'histoire à notre petite sauveuse.

Samuel envoya un regard énervé à son frère d'armes, mais la tension s'évacua de lui alors qu'il parla.

— Je suis né en direction du Nord. De l'autre côté de la mer, à quelques jours de voile. J'avais une vie et une famille là-bas, mais j'étais un guerrier au service de mon roi.

— Dis-lui ton nom, souffla Daegan en un rire.

— C'était Sigmund, pour le père de mon père.

Le fantôme d'un sourire anima la bouche de Samuel seulement pour s'évaporer aussi rapidement.

— Puis une sorcière vint, une volva, comme nous Hommes du Nord, les appelons et qui faisait des sorts pour le roi. Elle dit qu'elle nous rendrait invincibles. Nous nous disputâmes tous pour être les meilleurs, pour être dignes du sort. Quand le moment fut venu, elle nous transforma en monstres.

Sa main caressa mes cheveux de manière absente.

— De grands guerriers, dit Daegan. Inarrêtables pendant leur rage meurtrière.

— Oui, dit doucement Samuel. Mais la bête dévora notre humanité.

Le blond tomba dans un sombre silence.

Daegan faillit expliquer la suite.

— Samuel quitta le Nord pour combattre pour son roi et éventuellement, mit son allégeance à vendre. La première fois que je l'ai rencontré, il déclarait fidélité au Christ Blanc et changea son nom de Sigmund à Samuel.

Daegan regarda son frère d'armes.

— Tu pensais que la magie chrétienne te guérirait.

Le blond acquiesça tristement.

— Cela ne l'a pas fait. Je jeûnais et priais, et la bête ne faisait que devenir plus forte.

— Nous l'avons maîtrisée.

Samuel leva ses yeux dorés vers les miens.

— Brenna l'a fait.

— Oui.

Je plissai mes sourcils, les regardant de l'un à l'autre.

— Tu calmes le loup, dit Samuel.

J'acquiesçai. Je savais que c'était important, même si je ne comprenais pas.

— Petite fille, tu ne sais pas à quel point tu es précieuse.

Puis Samuel se fatigua de parler, il prit ma tête dans ses mains et l'embrassa, et je me délectai sous la pression de ses lèvres. Sa bouche posséda la mienne, promettant silencieusement beaucoup de bonnes choses, avant de descendre embrasser mon cou et sucer la tendre peau de celui-ci. Ma tête tomba en arrière, et Daegan fut là, repoussant mes cheveux et embrassant mon autre épaule.

Je réalisai trop tard que ses lèvres avaient retrouvé mes cicatrices.

C'était mon tour de me raidir, et à eux de me calmer.

— Viens, fille.

Daegan m'attira dans la grotte avec sources où il me lava

minutieusement, appliquant et frottant de l'huile dans chaque fissure avant de me proposer de me rincer.

Je me soumis, contente de me nettoyer de leurs semences, même si j'avais le sentiment qu'ils voudraient m'en repeindre de nouveau bien assez tôt.

Quand il eut fini, Daegan me tendit l'huile et le strigile.

— Ton tour, fille.

Il sourit et me tourna le dos. Pendant un long moment, je frottai mes mains sur la large surface, appréciant chaque muscle. Le magnifique paquet de muscles de ses épaules, ceux fins et allongés le long de sa colonne vertébrale et les petits muscles noueux autour de ses côtes.

Il ronronna pratiquement pendant que j'appliquais l'huile, fronçant légèrement les sourcils alors que je l'enlevais à l'aide du strigile. Il plongea dans le bassin, éclaboussant et se cabrant, secouant l'eau de ses cheveux.

J'attendis au bord du bassin, et il me fit signe de le rejoindre, souriant alors que j'hésitais. Mes cheveux étaient presque secs.

Il vint à moi, pataugeant en faisant voler des gouttes d'eau, un air joueur sur son visage. Je reculai de quelques pas, puis décidai de risquer de m'enfuir.

Il m'attrapa après quelques pas, me jeta sur son épaule et me porta jusqu'au bassin, me trempant. Je me levai énervée, commençant à comprendre pourquoi quelquefois Samuel regardait son frère d'armes avec frustration. Je frappai l'eau, envoyant un petit jet vers lui.

Il m'attrapa de nouveau.

— Petite, t'es bien trop courageuse, pour te battre avec moi.

Je ne sais pas ce qui me posséda, mais je fis semblant de le mordre.

Ses yeux s'éclairèrent et il lutta avec moi, ses mouvements

légers et rapides et toujours joueurs. Je pouvais dire qu'il retenait sa vraie force.

Même, quand il me trempa de nouveau, je me tournai et nageai en m'éloignant, faisant apparaître ma langue et la lui tirant. Les yeux brillants, il me pourchassa avec un grogne-ment et l'espace d'un moment, je fus effrayée, mais quand il m'attrapa, ses mains étaient gentilles.

— Jt'ai, grogna-t-il, mon cœur battit plus vite. T'es à moi maintenant.

Il me prit et me porta jusqu'à la roche sèche, m'allongeant sur la chaise de pierre. J'étais posée étendue devant lui comme une offrande sur un autel, ma poitrine se soulevant. Qu'allait-il faire de moi ?

— Allonge-toi tranquille à présent, Brenna. Je vais prendre ma récompense.

Je restai là pendant qu'il alla chercher quelques trucs, mais je ne pus m'empêcher de m'asseoir et me recroqueviller un peu quand il posa deux choses à côté de moi : le pot d'huile, et une lame.

— Shhh, tout va bien fille. Calme-toi. Je vais te raser.

Son ton me détendit, puis ses mots firent leur chemin et je me mis précipitamment debout. Il m'attrapa et me coucha de nouveau.

— Là, là Brenna.

— Besoin d'aide, mon frère ?

Samuel entra, un pagne drapé autour de ses grandes hanches. En moi de temps qu'il ne faut pour le dire, le blond s'assit dans mon dos, me berçant et écartant mes jambes.

— Shhh, me fit taire Samuel alors que Daegan versait l'huile. Sois bonne avec mon frère guerrier.

— Je ne vais pas te faire de mal, fille, me dit Daegan doucement.

Ses doigts caressèrent mes lèvres inférieures, les couvrant généreusement d'huile.

— Bouge pas et je ne te couperai même pas avec la lame. Tu seras toute douce et lisse pour nous.

Avec un sourire malicieux, Daegan commença à aiguiser la lame. Je me tortillai sur les genoux de Samuel.

— Tranquille, Brenna.

La voix du blond immobilisa mon corps.

— C'est ce que nous voulons. Tu obéiras.

— Par contre si tu ne le fais pas, ce sera un plaisir de te voir punie, ajouta Daegan avec un clin d'œil.

Mes yeux s'écarquillèrent. Malgré leurs dires sur leur affection pour moi, ils menaçaient de me frapper ?

Samuel soupira et expliqua la taquinerie de Daegan.

— Ta punition ne serait pas sévère.

— Juste une petite fessée.

Daegan parut enchantée par la possibilité.

— Par contre ton derrière piquera parce que c'est humide. Est-ce ce que tu veux, Brenna ?

Je secouai la tête.

— Bonne fille. Maintenant, allonge-toi et détends-toi, je vais te rendre toute douce pour qu'on te lèche.

Le guerrier aux cheveux noirs approcha avec la lame, et je montrai mon mécontentement en le renvoyant.

— Oh, attention, fille, la lame est pointue.

Mais je n'étais pas d'humeur à être calmée. Au fil des jours précédent, j'étais devenue plus confortable avec les guerriers, et j'oubliai trop ma peur. Alors que Samuel m'agrippa plus fermement, sa main vint près de ma bouche et je le mordis.

Il gloussa seulement et fixa sa main sur ma bouche.

— Tu mords déjà ? Et pas dans les affres de la passion ? Oh, petit amour tu es tellement brave.

En moins de temps qu'il ne faut pour le dire, il m'avait retournée sur ses genoux et frappé les fesses. Cela ne fit pas mal, mais je savais que ce n'était qu'un avertissement.

— Ton choix, Brenna. Soumets-toi au rasage, ou à ta

punition. Je peux te fesser aussi longtemps et durement que tu le souhaites.

Je pris ma décision, frappant violemment et essayent de lutter pour descendre de ses genoux. Ma lutte ne fit aucune différence. Une grande jambe pesa sur la mienne, et il attrapa mes mains agitées avant de frapper de nouveau mon derrière. Je me calmai devant la force, pas assez pour piquer, mais sévère.

— De une.

Je luttai et il frappa l'autre fesse assez fort pour que je reprenne mon souffle.

— De deux.

La douleur cinglante me traversa, me disant d'arrêter ce test de folie et d'obéir.

Je laissai mon corps devenir mou sur ses jambes par soumission.

Daegan gloussa.

— Semblerait qu'elle ait appris la leçon.

La colère brûlait en moi. Il semblait que face à leur surprotection et leurs gentils traitements, j'avais perdu tout bon sens.

Samuel porta sa main à mon visage.

— Embrasse-moi pour me remercier de ta punition.

Je l'envisageai, puis essayai de le mordre à nouveau. Une idée stupide, je réalisai bientôt.

— Pas encore, dit Samuel à Daegan. Mais bientôt.

La grande main du blond me tapa, couvrant chaque centimètre de mon derrière. La fessée fit mal, mais le guerrier n'utilisait clairement même pas un iota de sa vraie force. Ce n'était rien par rapport à la correction que j'attendais et à la fin. Ce fut presque sympathique, car de temps à autre le guerrier, s'arrêtait et me frottait le cul. Le massage apaisait la légère piqûre. Après quelques minutes, je me sentis réchauffée et légère, même quand les fessées de Samuel atteignirent leur apogée. Les coups tombèrent de plus en plus fort, puis s'arrêtèrent.

— Presque fini ? demanda Daegan.

— Oui.

Les doigts de Samuel glissèrent entre mes jambes.

— Elle est trempée.

Il joua dans mes plis jusqu'à ce que je fasse une petite ruade avec mes hanches.

— Eh bien, Brenna ? Es-tu prête à être gentille ? Si tu l'es, nous te donnerons une récompense…

Je me laissai aller toute molle sur les genoux de Samuel.

— Petite futée, rigola Samuel en frottant mon dos et mes fesses.

N'importe quelle petite douleur que j'avais sentie s'estompa rapidement laissant un profond désir douloureux.

Mon visage était rouge et mon corps détendu quand Samuel m'aida à me lever. Les deux guerriers me posèrent entre eux et finirent la tâche de me raser alors que je me soumis complètement, prête à tout pour jouir.

— On y est. Toute douce.

Je sentis un souffle chaud sur mes lèvres inférieures et soupirai.

— Maintenant ta récompense.

Daegan prit son temps, faisant tournoyer sa langue autour de mon centre nouvellement rasé, alors que Samuel me tenait et caressait mes seins.

Malgré ma position de captive et mon derrière réprimandé, je me sentais à l'aise et en sécurité. En seulement quelques jours, ces guerriers m'avaient façonnée en un parfait objet de plaisir. Je m'émerveillai de voir à quel point j'étais heureuse de mon nouveau rôle. Pour la première fois de ma vie, je me sentais vraiment acceptée et aimée.

Cette réalisation soudaine me fit cligner des yeux. Du souci me parcourut, bien que cela ne dura pas longtemps dans mon état détendu. Les liens de gentillesse et d'amour étaient plus dangereux que la violence et les corrections. Ils me retiendraient ici, me faisant oublier qui j'étais vraiment : Brenna, marquée et vendue comme esclave, la seule qui pouvait se mettre entre mes sœurs et mon lubrique de beau-père.

Cette pensée voleta dans mon esprit, mais avant qu'elle puisse prendre racine, Daegan se déplaça entre mes jambes et je me concentrai sur lui.

— Aimes-tu ton minou tout doux ?

Il posa sa joue contre ma cuisse, sa barbe me frottant légèrement. De l'humidité se déversa de moi et il inspira, ses yeux brillant d'une manière plus lumineuse. Il commença à poser des baisers à l'intérieur de mes cuisses et mes douces lèvres, attendant que j'admette que je luttais en vain.

Serrant la mâchoire, je tendis le bras et essayai d'attirer sa tête en avant, pour le forcer à me lécher comme j'aimais. Daegan attrapa mes mains, surpris.

Samuel gloussa tellement fort alors que j'étais étendue sur sa poitrine que son rire me secoua. Je lui balançai un regard énervé.

— Elle devient téméraire, dit Samuel à Daegan d'un ton approbateur.

— Oui, c'est une courageuse. Mais c'est un plaisir de lui apprendre à s'y intéresser.

Tenant mes mains à l'écart, Daegan utilisa sa langue pour me dompter, lavant de haut en bas ma chaleur humide et douce jusqu'à ce que je me tortille et que je halète. Il se recula avec un sourire espiègle.

— Qu'en dis-tu, Brenna ? T'es contente d'être rasée ?

Je le regardai et il me titilla un peu plus. Finalement, j'acquiesçai vigoureusement, suppliant silencieusement d'être libérée.

— Bonne fille, me félicita-t-il, utilisant un doigt et des

petits baisers sur mon bourgeon de plaisir pour m'envoyer par-dessus bord en convulsant. Bien trop tôt, il m'embrassait et me léchait de nouveau, et la torsade du plaisir m'enserra à nouveau.

Alors qu'il me vénéra entre mes jambes, son doigt descendit et explora doucement mon anus. Je me resserrai et il m'envoya un regard coquin.

— Un jour, petite, me dit-il. Je te prendrai ici pendant que mon frère prendra ta chatte et nous te réclamerons ensemble.

Pendant que son doigt glissait en faisant des allers-retours dans mon trou du cul, je froissai mes traits et fis une grimace.

Le rire de Daegan fit un écho dans la chambre.

— Tu n'aimes pas ce que tu entends, fille ?

Je me tortillai loin de son doigt, faisant encore les gros yeux.

— Brenna, m'avertit Samuel, m'empoignant plus fermement.

— C'est bon mon frère, apaisa Daegan. Brenna, tu ne pensais pas que je pouvais te faire du bien comme ça ?

Avant que je puisse hocher ou secouer la tête, il descendit sa tête et accrocha sa bouche sur mon bourgeon surstimulé. J'essayai de m'échapper, mais entre Samuel et lui, je ne pouvais bouger et échapper à la langue insistante de Daegan. Ma bouche s'ouvrit dans une exclamation silencieuse, mais Samuel agrippa mes cheveux, tournant ma tête pour réclamer ma bouche. Je haletai fortement, et Samuel se retira, picorant mes lèvres à la place. Entre mes jambes, Daegan fit la même chose, léchant et suçant jusqu'à ce que je halète sous le baiser de Samuel.

Durant les quelques minutes suivantes, j'appris quelque chose à propos de mes deux guerriers : ils partageaient les mêmes pensées. L'un sondait ma bouche avec sa langue, vif et possessif, pendant que l'autre insérait sa langue dans ma chatte. Les yeux à moitié ouverts, ma bouche s'ouvrit, relâchée, tandis que deux hommes se nourrissaient de mes douces lèvres, l'un au-dessus, l'autre en dessous. Samuel bougea ses baisers nasillards vers mes oreilles, alors que Daegan resta entre mes jambes, suçant l'endroit de mon plaisir jusqu'à ce que je frémisse sur les peaux.

À la suite languide de ma libération, je réalisai que Daegan s'était aventuré plus loin, fouillant mon cul avec sa langue. Cela faisait du bien, mais je luttai pour fermer mes jambes et le garder en dehors. Avec un petit grognement, il pinça mes cuisses et agrippa mes fesses afin de les maintenir ouvertes, passant vigoureusement sa langue dans mon trou noir.

Je ne voulais pas que cela fasse du bien, mais c'était bon. Je me rappelai qu'il m'avait lavée minutieusement. Malgré tout, je fus contente lorsqu'il ajouta deux doigts dans ma chatte, caressant ma perle sensible jusqu'à un autre apogée fracassant.

— Est-elle prête pour une bonne baise violente ? demanda Daegan à Samuel alors que j'étais étendue, convulsant sur les peaux.

— Elle est née pour ça, grogna Samuel et il prit la place au-dessus de moi.

Il embrassa et frotta son visage barbu contre mes seins pendant une minute ou deux, me laissant redescendre du précipice. Puis, il écarta mes jambes et s'installa au niveau de mon centre glissant avant de se glisser en moi. Les vagues de choc commencèrent de nouveau. Je m'agitai dans tous les sens sur sa bite qui me pillait. Sa virilité me mit sous pression, mais ma chatte trempée l'acceptait.

Il me baisa fort et je l'acceptai, comme si j'avais été faite pour rebondir à l'extrémité de son énorme tige. Je hissai mes jambes et les remontai autour de ses hanches afin qu'il puisse pousser profondément, le faisant jurer alors qu'il jouissait.

Sans plus attendre, Samuel se retira, sa dague glissante encore dure et protubérante entre ses hanches, et Daegan prit sa place. Le guerrier aux cheveux noirs prit ce qui lui appartenait dans de grands coups vacillants qui me renversèrent la tête. Il alla tout au fond et se retira, seulement pour le faire à nouveau.

L'orgasme vint du plus profond de moi, me cassant presque. Je haletai, essoufflée et griffai les peaux.

— Vois-tu comment ça sera, fille ? Deux hommes incapables de se rassasier de ton corps. Nous tambourinerons ta chaleur et puis te retournerons pour une bonne baise pendant que l'autre prendre ta douce bouche. Puis un long repos et un bain avant de recommencer.

Il se retira et me tourna sur le ventre au milieu des peaux.

— L'huile, mon frère. Elle prendra du plaisir avec quelque chose dans son cul.

Daegan glissa de nouveau dans ma chaleur humide, mais ajouta un doigt dans mon anus, tournoyant et le faisant fonctionner à l'intérieur de moi. Mon corps se contracta autour de l'intrus huilé. Je me sentis proche de la rupture.

Samuel vint devant moi et mit sa queue devant ma bouche.

— Lèche-moi, grogna-t-il, prenant mes cheveux et me guidant pour nettoyer son membre.

Ils jouèrent comme ça avec moi pendant un moment, Samuel utilisant ma langue pour le lécher jusqu'à durcir alors que Daegan pressait et frottait mon fessier, un doigt baisant mon entrée sombre pendant que sa bite restait gainée dans ma chatte.

Finalement Daegan se fatigua de jouer avec mon cul. Samuel se recula, se retira de devant mon visage alors que son frère guerrier me percuta fortement. Ils terminèrent tous les deux à quelques secondes l'un de l'autre, Daegan agrippant mes hanches assez violemment pour laisser des marques, alors que Samuel peint mon visage de sa semence.

Ils passèrent un petit moment à l'étaler sur ma peau, me revendiquant, avant de l'enlever en me lavant et de me porter jusqu'au lit.

CHAPITRE 5

*L*e temps passa, et je ne sus plus combien de temps j'étais restée dans la caverne. Ça faisait plus d'un mois, car mon saignement mensuel vint et repartit. Les guerriers m'adorèrent durant ce temps comme ils le faisaient toujours, m'apportant à manger et m'emmenant me baigner.

Les attentions continuèrent après que mes menstruations se terminèrent. Je finis par aimer la façon dont ils me dorlotaient et faisaient attention à moi, mais j'aurais aimé pouvoir communiquer avec eux. De temps à autre, ils se relaxaient et parlaient de leur passé, de leurs exploits de guerriers. Ils semblaient avoir assez combattu pour trois vies. Parfois, ils mentionnaient des rois avec des noms étrangers ou des rois dont j'avais entendu parler, mais qui étaient morts il y a bien longtemps.

Si je le pouvais, je leur demanderais des choses sur leur passé et sur la façon dont ils étaient arrivés à vivre sur une montagne en tant que clan de Berserkers. Parfois, ils revenaient de la chasse, puant le sang, les yeux brillants de cette étrange lueur dorée. Quelque chose dans leur façon d'être envoyait des picotements le long de ma colonne vertébrale, comme s'ils étaient des prédateurs et que j'étais une proie. Ils mangeaient et se baignaient et dormaient, disant des phrases écorchées dans des tons rudes et gutturaux.

Mais principalement, ils me baisaient.

Leurs mains et leurs cheveux longs qui chatouillaient imprégnaient leur désir sur ma peau, jusqu'à ce que je tremble et que je sois prête. Puis l'un ou l'autre me montait.

Je ne savais pas si c'était le matin ou le soir quand je me réveillai, couvée entre deux larges corps chauds. Leurs longs cheveux ruisselant sur mon corps, se mêlant aux miens. Retenant ma respiration, j'écoutai, mais ils n'étaient pas réveillés. Habituellement, ils me réveillaient, des mains excitées me caressant, me positionnant, des bouches trouvant mes endroits sensibles jusqu'à ce que je halète, prête à les recevoir. Puis ils attendaient leur tour, me baisant fermement et rapidement entre les jambes.

Ils me gardaient nue et la plupart du temps, ne portaient également pas de vêtements excepté un pagne de cuir. Ils semblaient toujours durs et prêts pour moi.

Je bougeai un peu et sentis une tige dure grandir le long de ma jambe.

Je sentis la chaleur me rouler dessus, me réclamant, et pour la première fois en une lune, j'étais prête avant qu'ils le soient.

Fixant le beau visage endormi de Samuel, mes doigts recherchèrent son membre et le caressèrent avec les mouvements les plus bruts. Le manche s'allongea davantage contre moi, chose que je n'aurais pas cru possible.

Derrière moi, Daegan soupira et je tendis le bras, cherchant son épaisseur d'un doigt timide.

Mes petites mains les encerclèrent, prenant des libertés.

Un autre soupir derrière moi, répété par Samuel et je

levai la tête pour voir un petit sourire passer sur le visage du blond.

— Quelqu'un est réveillé, dit-il.

Il ouvrit les yeux et les miens clignèrent devant la lueur dorée.

— Tu penses qu'elle est prête pour nous ? respira Daegan à mon oreille, et j'entendis son sourire.

— Toujours.

Samuel se leva et me roula sous lui.

Quand se fut fini, nos corps étaient étendus entortillés ensemble sur les peaux.

— En pensant au temps où nous sommes restés sans ça, dit Samuel.

Ses doigts tracèrent mes joues. Avec le temps, ils avaient arrêté de toucher ma cicatrice, mais je ne m'en préoccupais plus tant que ça. Cela faisait si longtemps que je n'avais pas quitté la montagne que ma vie d'avant semblait presque comme un rêve.

Alors que Daegan se leva pour entretenir les brasiers, Samuel continua de caresser mon visage et mes cheveux. Son regard portant une touche de mélancolie.

— Si jeune et si charmante. La beauté d'une fleur, appelée à disparaître.

Mes sourcils se froncèrent.

— Ça ne fait rien de bon d'y penser, mon frère, appela Daegan.

— Mon frère n'a jamais emmené de femme chez lui, ou dans son cœur, me regarda Samuel, mais je pouvais sentir son agacement face au commentaire de Daegan.

— Il est devenu Berserker d'une différente manière et n'a jamais connu une autre vie.

— Je suis tout de même né d'une sorcière, protesta Daegan. Contre nature.

— Un monstre, convint Samuel. Comme moi.

Je n'aimais pas ce sujet de conversation. Mes deux guerriers semblaient si tristes, et, piégée ici entre les deux pièces, ils étaient devenus mon monde. Ils ne ressemblaient pas à des monstres pour moi. Grand et brutaux certes, mais aussi gentils et doux. Avec moi, du moins.

Je me remémorai toutes les histoires qu'ils avaient racontées. Certaines d'entre elles, je supposai, étaient des contes de grands héros passés. Mais j'avais entendu parler d'Harald Fairhair, le roi qui avait unifié le Nord. Il était de l'ancien temps, longtemps avant notre propre Roi Rouge. Comment Samuel, auparavant Sigmund avait pu combattre pour un régent qui était mort tant de siècles plus tôt ? Cela n'avait aucun sens pour moi. Quel âge avaient-ils ? Je ne pouvais demander, mais je cherchai des indices.

— Est-ce plus facile, petit amour, d'être né monstre, ou d'être transformé en monstre ?

— T'as choisi la malédiction de la sorcière, dit Daegan.

— Je ne l'aurais pas fait si j'avais su la vérité. J'ai vécu une vie autre que celle d'un monstre. J'avais une famille. Tu n'en as jamais eu.

— Je désirais en avoir une, dit Daegan, et je pouvais dire qu'il était irrité.

— Mon frère loup ne comprend pas ce que j'ai perdu, me dit Samuel, et Daegan lâcha un petit grognement, rôdant autour de la pièce.

Je jetai un coup d'œil vers le guerrier à la chevelure noire, nerveuse.

Samuel sembla tout de suite plein de remords.

— Doucement, petit amour. Nous ne te ferons pas de mal.

— C'est une ancienne querelle, jeta Daegan en un souffle frustré.

Je me sentis tout de même troublée, et je n'aimais pas ça. Je posai ma main sur l'épaule de Samuel et pressai. Il captura ma main et l'embrassa. Je tendis l'autre bras vers Daegan et il vint plus près.

— Notre petit amour n'aime pas nous voir nous battre, remarqua Samuel, mais il ne semblait pas fâché. Il tint ma main dans ses pattes massives, frottant et massant, la berçant prudemment comme un petit oiseau fragile.

— Elle connait la façon de nous adoucir. Viens Brenna, tira sur ma main Daegan. Laisse-nous t'enseigner quelque chose de nouveau.

Il s'étendit devant l'estrade et m'aida à m'agenouiller devant Samuel.

— Lorsque je fâche mon frère, ce sera à toi de le calmer.

Avec un petit sourire, Samuel décala son pagne et dégaina son pénis.

— Touche-le, dit Daegan à mon oreille.

Le guerrier aux cheveux sombres s'accroupit derrière moi, m'accompagnant alors que je prenais le membre de Samuel dans ma main et le caressais.

— À présent ta bouche, petite, m'ordonna-t-il.

Alors que mes lèvres brossaient sa bite, Samuel ferma les yeux. Je le pris comme un bon signe.

La vérité était que j'aimais trouver des moyens de les contenter. Sur mes genoux devant le beau guerrier, je me sentis satisfaite.

Ma langue toucha sa fine chair et sa bite tressaillit. Je fis des cercles autour de la couronne rose, puis, grâce à l'insistance de Daegan, poussai ma tête en avant pour davantage l'avaler. Samuel était trop large pour aller très loin dans ma bouche, mais je fis de mon mieux, me reculant et abaissant ma bouche à nouveau.

Les doigts de Daegan agrippèrent mes cheveux et il fit fonctionner ma tête d'avant en arrière en rythme, jusqu'à ce que Samuel durcisse et vienne. Du sperme jaillit de ma bouche et sur ma poitrine.

Samuel s'assit et me nourrit avec, l'étalant sur mes lèvres et mes seins avant de m'embrasser.

— Tu sens ma semence, grogna-t-il heureux.

Ses yeux dorés brillaient.

— Mon tour.

Daegan prit une poignée de mes cheveux et tira gentiment pour me faire pivoter vers lui. Avec ses cheveux noirs et ses yeux dorés, il ressemblait à une bête malfaisante, féroce. Malgré ses douces cajoleries pendant que je m'occupais de son frère, Daegan était plus énergique avec moi, attrapant ma tête et la bougeant de haut en bas le long de son manche. J'agrippai ses cuisses et respirai par le nez jusqu'à ce qu'il se vide.

Samuel me leva sur mes pieds. Il s'assit sur la pierre, sa virilité plantée bien droite. Je cru qu'il voulut que je le lèche de nouveau, mais il prit mes hanches et me souleva sur sa bite. Nous soupirâmes tous les deux alors que je glissai le long de son manche. Comme d'habitude, son épaisseur m'emmena jusqu'au point de rupture du plaisir. Ses mains glissèrent entre nous et son pouce trouva mon bourgeon, le caressant jusqu'à ce que des ondes de choc se répandent au travers de mon corps. Je convulsai, mes mains agrippant ses cheveux. Sa bouche trouva mon cou, léchant et suçant la peau tendre. Ses lèvres dérivèrent vers le fin tissu cicatriciel. Je le tolérai quelques instants, avant de cacher ma tête. Un grognement gronda dans sa poitrine, mais il reprit sa route vers ma poitrine jusqu'à ce que j'arque le dos en arrière, lui offrant mes seins dont il lécha, titilla et suça les tendres monticules.

Daegan vint pour me supporter et je me reposai contre lui, souriant alors que sa bouche se baissait pour revendiquer la mienne. Son frère d'armes finit d'aduler mes seins et me tira contre lui. Samuel agrippa fermement mes hanches et me souleva de haut en bas sur son manche.

Le plaisir me revendiqua de nouveau, des vibrations commençant profondément et se répandant vers l'extérieur en traversant mon corps tout entier. Je haletai et griffai les bras et les épaules musclés de Samuel. Le grand guerrier rugit et s'allongea, me tirant sur lui.

— Monte-moi, m'ordonna-t-il, ses yeux perçant les miens.

Je luttai pour reprendre le contrôle de mes membres.

Je sentis la main de Daegan me lisser le dos, pressant une fesse et puis l'autre avant de me donner une fessée.

— De haut en bas, Brenna, voilà une bonne fille. Soulage mon frère.

Trouvant une prise sur la pierre, je chevauchai le grand guerrier et m'actionnai de haut en bas. Ma peau devint glissante de sueur.

Daegan me fessa pendant un moment pour m'encourager, puis ses doigts glissèrent dans la crevasse entre mes fesses. Je tirai d'un coup sec pour échapper au doigt inquisiteur, mais le guerrier à la chevelue ébène me gifla à nouveau le derrière.

Les doigts de Samuel tirèrent sur mes mamelons, attirant mon attention.

— Plus vite, grogna-t-il, et j'obéis, me balançant sur lui alors qu'il tirait sur mes mamelons pour contrôler le rythme. La douleur me fit me serrer sur la bite du géant blond et il saisit mes hanches pour me pilonner du dessous jusqu'à ce qu'il jouisse avec un rugissement.

J'avais à peine récupéré quand Daegan agrippa mes cheveux et m'enleva de la bite de Samuel.

— Lèche-le pour le nettoyer, ordonna le guerrier aux cheveux noirs d'une voix rauque. Pendant que je te prends par-derrière.

Penchée au-dessus du corps de Samuel, j'obéis. Dans le feu de l'excitation, l'attitude amusante de Daegan disparut, mais je m'en foutais. Ils avaient préparé mon corps pour la baise et je me délectais à la sensation des violents coups du guerrier alors que j'adulais le membre gonflé de Samuel.

Daegan se retira avant d'atteindre l'orgasme et peint mon dos de sa semence. Je m'étais habituée à finir couverte de leur sperme à la fin de nos accouplements, mais cette fois j'étais réellement bien recouverte. Les guerriers semblèrent tellement contents, je craignis qu'ils ne me laissent pas me laver.

Enfin Daegan me guida aux sources chaudes. Il me laissa pendant que je m'éclaboussai et me baignai. J'appréciais me laver, utilisant à la fois l'huile et le racloir, puis rinçant l'huile. Je me tenais debout dans l'ombre, frottant ma peau et admirant mes seins gonflés, ma taille étroite s'évasant en de larges hanches et un derrière rond. Mon corps débordait de désir tout en étant complètement rassasié. Je fredonnai presque à la pensée de retourner sur l'estrade et prendre de nouveau les deux guerriers.

Flottant dans l'eau, je fermai les yeux et laissai mes mains jouer paresseusement sur mon corps.

Une pensée me percuta et je bondis sur mes pieds, mon humeur léthargique écartée. J'étais en chaleur. De nouveau.

Je couvris mon visage de mes mains.

Ce n'était certainement pas possible. Un mois était passé et j'étais encore là. Je m'étais oubliée. J'avais oublié mes sœurs sans défense face à la luxure de mon beau-père. Les guerriers m'avaient enchaînée d'attention et de gentillesse. Ils m'avaient si bien traitée, que j'en avais oublié mon devoir.

J'avais même oublié mon visage hideux.

L'eau ondulait autour de mon corps, gâchant mon reflet, se moquant de moi. Un simple coup d'œil et je me souvins de tout.

Mais il était trop tard — mon ventre se contractait, réclamant que mes amants guerriers me prennent. Même mon corps me trahissait.

Ma bouche s'ouvrit dans un cri silencieux.

Je titubai de retour vers la chambre et tirai une peau autour de moi. Je n'avais ni bottes ni vêtements, mais je ne pouvais plus remettre ma mission à plus tard. Pour la première fois depuis qu'ils m'avaient amenée dans la caverne, j'entrai dans le couloir et bougeai en direction de l'air froid de l'extérieur, la fuite en tête. Samuel m'avait dit de ne jamais me risquer toute seule et la menace du danger avait été assez pour me retenir. Cela et leurs caresses, tellement bienvenues après une vie de paria. Dans la douce lumière de l'amour, je ne voyais plus mon vrai moi hideux. La sorcière avait en effet bien choisi.

Inondée de pensées amères, je sortis de la caverne et alla sur la corniche de la montagne, clignant des yeux dans la clarté. Le soleil planait bas dans le ciel — soir ou matin, je ne savais pas.

Un chemin menait du rebord de la grotte au bas de la montagne et pendant une seconde, il sembla que je pus m'échapper.

Un mouvement accrocha mon regard et je sursautai alors que les formes émergeaient de l'ombre, la fourrure mouchetée créant un camouflage naturel contre la pierre.

Partout où je regardai, je vis des loups.

Juste comme ça, mon rêve d'évasion se transforma en cauchemar.

Je reculai du chemin quittant la montagne, une main se cramponnant à la peau, l'autre couvrant ma cicatrice. Pitoyable protection contre ces bêtes qui m'entouraient à présent, quelques-uns interrompant même mon retour dans la grotte. J'étais piégée sur une montagne avec une meute de loups, mes premiers persécuteurs.

Ma bouche s'ouvrit, laissant échapper un cri que personne ne pouvait entendre.

Un loup avait pris ma voix et changé ma vie à jamais. Et à présent des loups prendraient ma vie.

Un chemin s'offrait à moi : le bord de la falaise. Des larmes coulant à présent sur mon visage, je fis doucement quelques pas en arrière.

Un loup noir se précipita au-devant des autres. Il ne grogna pas, mais resta simplement debout, alerte en me regardant.

C'est à ce moment que je réalisai que tous les loups avaient les yeux dorés.

Les pensées commencèrent à se bousculer dans ma tête. Non, ça ne se pouvait pas.

Un loup doré, plus large que le reste, se détacha rapidement de la meute et rejoignit le loup noir et je sus, au-delà de tous doutes, que c'étaient Samuel et Daegan. Les Berserkers n'étaient pas des hommes se laissant dévorer par la rage comme des bêtes. Ils étaient des bêtes. Des loups.

La bouche toujours étirée en un cri, je pivotai et courus. Mes pieds martelaient la pierre. Je ne pouvais leur échapper, mais la corniche finissait à quelques pas de moi. Je pouvais me balancer par-dessus et mourir.

Un grand coup derrière moi me plaqua au sol. Mes cheveux volèrent comme s'ils avaient été attrapés par le vent, mais l'air était immobile.

— Non, vint un grognement reniflant derrière moi. Brenna !

Je me précipitai sur mes pieds et tournai. Le loup noir, seulement à quelques pas, sa bouche ouverte et sa langue haletante. Était-ce du chagrin dans ses yeux dorés ?

Je levai les mains en l'air dans un geste pour qu'il reste à l'écart. Samuel s'accroupit quelques mètres derrière le loup, plié sur ses mains et ses genoux. Il était nu, excepté un pagne, comme je l'avais vu tant de fois.

— Brenna, étouffa-t-il, puis il répéta dans une voix humaine plus distincte, S'il te plaît.

Dans ma hâte de m'échapper, j'avais mal jugé à quel point

j'étais proche du bord. Un petit pas en arrière et je commençai à tomber. Le loup bondit.

Des mâchoires se fermèrent d'un coup sec sur les peaux et me tirèrent brusquement en avant. Je m'accrochai à la robe de fourrure alors que le loup me traînait de nouveau sur la corniche de la montagne. Pendant une seconde mes pieds s'agitèrent au-dessus de la pierre, dans le vide, mais l'épaisse peau me sauva. Ça, et les mâchoires destructrices d'un loup.

Samuel s'étendit au-dessus de moi, l'inquiétude écrite sur tous les traits de son visage.

— Brenna.

Ses mains vagabondèrent sur mon corps, m'inspectant. Aux côtés du guerrier blond, le loup noir gémit.

Samuel me souleva et me porta jusqu'à la pièce avec les peaux. Je fixai les yeux dorés, rassemblant tous les morceaux. Ils étaient les Berserkers de l'ancien temps. Au travers des siècles, ils avaient combattu pour des rois et différents pays, s'installant finalement dans les montagnes, isolés et seuls, là où personne ne pourrait savoir qu'ils étaient des loups. Ils avaient besoin d'une esclave pour rassasier leur désir sexuel, et avaient consulté une sorcière, qui leur avait dit de me trouver. À qui manquerait une paysanne aussi hideuse, dont la chair était déjà creusée des cicatrices de leur espèce.

Je m'allongeai sur les peaux, la douleur bouillonnant en moi malgré les bons soins de Samuel. Il me déshabilla de ma robe et enveloppa ma gorge, puis s'étendit à mes côtés caressant mes cheveux hors de mon visage et me parlant d'un ton apaisant.

— Brenna, je suis désolé. J'aurais aimé te le dire d'une autre façon. Je ferais n'importe quoi pour enlever ta peur.

Sa main passa sur ma cicatrice et je me raidis. Fermant les yeux, je lui tournai le dos. Samuel déposa un large bras autour de moi, me tirant contre lui. Son soupir souffla à travers mes cheveux.

— S'il te plaît, petit amour. Ne nous crains pas. Je ne sais pas ce qui t'a donné ces cicatrices. Un loup ou un chien normal, ou quelque chose comme nous. Nous sommes nés d'une sorcière. La bête vit à l'intérieur de nous, et elle ne peut être rassasiée. Quelque part tu...

Il fit une pause pour promener sa tête dans mes cheveux et prit une profonde inspiration, comme le guerrier le faisait si souvent.

— ... tu apaises le loup.

Je pris un air renfrogné, ne voulant pas pleurer. Ce n'était pas juste. Avoir ma destinée changée deux fois et deux fois par des bêtes. Ce n'était pas important que j'aime mes maîtres guerriers. Une vie entière de souffrance était assez pour effacer les moments de tendresse.

Un reniflement retint mon attention. Le loup sombre se tenait à côté de l'estrade, secouant la tête d'un côté et de l'autre comme s'il portait un manteau invisible qu'il voulait arracher. Je reniflai et tentai de m'empresser de partir, mais Samuel me tint, faisant face au loup.

— C'est Daegan. Il essaye de se retransformer en homme pour toi, afin qu'il puisse te réconforter.

La bête s'arrêta et gémit, un son pathétique et désespéré, même pour mes oreilles effrayées.

— J'ai fait appel à la magie de la meute pour me transformer rapidement, pour pouvoir te parler, expliqua Samuel. Chaque loup m'a aidé et cela prendra un moment pour qu'ils récupèrent. Mais Daegan est fort. Ses pouvoirs sont presque égaux aux miens. Même affaibli, il peut être capable de se transformer.

Le loup baissa de nouveau la tête et gémit. Aussi énorme fût-il, il ne sembla pas aussi effrayant qu'avant.

— Regarde-le, Brenna. Il souffre, car tu as peur de lui. Tu nous as restitué notre humanité. S'il te plaît ne nous déteste pas et ne nous la reprends pas.

Samuel et moi regardâmes la bête noire lutter pendant un moment. Son corps se secoua comme s'il était tourmenté par un millier d'abeilles embêtantes. Une part de moi voulait le réconforter.

Le guerrier blond parla de nouveau.

— Pendant des années, nous avons alimenté la bête par la violence. Des siècles de combats et de mort. La rage meurtrière est délicieuse, quand elle est en nous. Mais cela nous a lessivés de toute bonté, jusqu'à ce que nous soyons creux à l'intérieur.

Il me roula pour lui faire face, mais j'entendais encore le loup derrière moi gémir et lutter pour se transformer.

— J'ai tout fait pour me cramponner à l'humanité. Rechercher des femmes, faire de bonnes actions. Même renoncer à la façon de vivre des guerriers, j'ai fait vœu de piété et changé mon nom pour devenir prêtre. Mais mes prières n'ont pas eu de réponse.

Sa large main couvrit ma cicatrice et pour une fois je ne reculai pas, retenue prisonnière par son histoire et ses yeux.

— Je suis devenu un érudit et j'ai cherché une sorcière. Elle nous a dit de rechercher quelqu'un qui avait été marqué par un loup. Daegan est passé par ton village, t'a vue te baigner dans le ruisseau, et a su.

Sa tête s'inclina de nouveau, se pressant dans la courbe entre mon cou et mon épaule.

— S'il te plaît, petit amour. Ne nous laisse pas avec les ténèbres. Nous avons besoin de toi.

Je fixai le loup noir, puis touchai les cicatrices laissées par un autre loup.

Quand j'étais enfant, un loup m'avait marquée. Aujourd'hui un loup m'avait sauvée, mais les loups m'avaient sauvée bien longtemps avant. Une lune avant.

Ils se pensaient monstres, ces loups Berserkers, mais je

connaissais de pires monstres. Mon beau-père était l'un d'entre eux.

Samuel déplaça sa tête de mon épaule et je me levai pour aller là où Daegan était étendu, fatigué des essais ratés pour se transformer. Ses oreilles se dressèrent, mais il ne bougea pas. Aussi grand fût-il, il sembla aussi domestiqué qu'un chien de compagnie.

À quelques pas de lui, je m'agenouillai et étirai ma main. Mon corps entier se secoua de peur, mais j'acceptai la terreur. J'acceptai le loup ; il m'accepterait ou je mourrais.

Le berserker Daegan leva la tête.

Je sentis les boucles de puissance, la magie de la meute que Samuel avait décrite. Je ne sais pas comment je la sentis, mais je l'avais ressentie. La chaleur se répandit en moi, me guidant en avant vers mon loup aux poils sombres.

Dehors, un par un, les loups commencèrent à hurler. Une mélodie douloureuse fit écho le long du couloir. Un son triste mais triomphant. Aucun loup n'était fâché, ou ne bavait à la pensée de ma chair. Je me sentis soutenue par le chœur improvisé, réconfortée.

Avec une souple force prédatrice, Daegan se leva et se capitonna à mes côtés.

Je pris dans mes bras le loup, enfonçant mon visage dans sa fourrure sombre, sentant l'odeur de bois et de nature. Je sentis Samuel dans mon dos et les premiers picotements de puissance avant que le blond me tire en arrière. Dans une brève explosion de lumière dorée et de magie, Daegan se changea.

Puis j'étreignis l'homme.

CHAPITRE 6

*J*e dormis entre les deux hommes comme d'habitude. Après la transformation, Daegan avait eu du mal à parler, ses yeux dorés communiquant son désir. Après quelques essais de parler, j'avais posé mon doigt sur sa bouche. Je n'avais pas besoin de mots de réconfort. Prenant les mains des deux guerriers, je les avais conduits dans le lit. Nous nous étions pelotonnés ensemble. Daegan avait été le premier à s'endormir et tous les jours où il était revenu de la chasse, puant le sang et ne voulant que manger, dormir et baiser, firent sens.

— Et maintenant, Brenna, tu comprends ? demanda Samuel. J'acquiesçai.

Quand la bête prenait le dessus, elle prenait leur parole et les effets mettaient un moment à disparaître. Samuel et Daegan étaient les chefs de la meute, Samuel en tête et Daegan en second. Après des siècles de combats, la bête avait dominé leur part d'humain. Ils avaient eu besoin d'un remède, quelqu'un ou quelque chose qui ramènerait la bête sous contrôle.

Ils avaient cherché et consulté une sorcière, et puis ils m'avaient trouvée.

Je ne savais pas pourquoi je pouvais apaiser le loup, mais cela n'avait pas d'importance. Je les avais sauvés.

— Tu sais qui nous sommes et tu nous acceptes, me dit Samuel. Nous avons besoin de toi avec nous ici pour l'éternité, Brenna, mais je souhaiterais parfois qu'il y ait un autre moyen. Je sais ce que c'est lorsqu'une sorcière parle et que ta vie est changée.

Je dormis un peu et quand je me réveillai, les deux berserkers me regardaient.

Samuel posa un torque en argent dans ma main, un bijou de l'ancien temps. Parfois les guerriers portaient des bagues de bras pour montrer leur fidélité à leur chef ou leur roi. Celui-là ressemblait à la fois à un bijou de princesse et à un collier d'esclave. Peut-être que c'était les deux, quelque chose au milieu. Un anneau pour honorer un sauveur et marquer un esclave.

Je le touchai.

— Nous souhaiterions que tu l'acceptes, dit Daegan. Sa voix était encore rauque et ses yeux brillaient, mais il était complètement humain.

— Cela te marquera comme nôtres parmi les loups.

Je fixai le torque. Ils me demandaient de prendre une décision, non pas de rester ou partir, mais d'accepter ma place. J'étais prête à accepter, à une condition.

Cela prit un peu de temps pour faire des gestes avec mes mains, mais je leur fis comprendre.

— Tu es inquiète pour ta famille, interpréta Samuel.

Je fis un geste vers mes cheveux et mon corps pulpeux puis étira ma main en indiquant une plus petite taille.

— Tes sœurs, devina Daegan.

— Tu veux être sûre que quelqu'un en prend soin ?

J'hésitai, ne sachant pas comment leur dire que j'avais peur que mon beau-père soit une menace.

De grands doigts firent incliner ma tête pour faire face à celle de Samuel. Le grand blond me fixa dans les yeux. Je sentis des picotements traverser ma colonne, mais restai immobile.

Après un moment, Samuel souffla un soupir.

— Tu ne fais pas confiance au mari de ta mère autour d'elles.

J'acquiesçai vigoureusement alors que Daegan et Samuel échangeaient des regards.

— Brenna, appela Daegan. Veux-tu que nous nous occupions de la menace ?

Le sombre guerrier habituellement joueur parut très sérieux.

J'acquiesçai.

— Et si nous le faisons, tu resteras et vivras parmi nous ? De ton propre chef ?

J'acquiesçai et attrapai le torque, l'installant sur mes genoux et regardant fixement dans une paire d'yeux dorés, puis l'autre.

J'avais fait mon choix. Cela dépendait d'eux.

— De retour dans un jour, dit Daegan.

Il m'embrassa et partit.

Je glissai mes jambes contre ma poitrine et enveloppai mes bras autour d'eux.

Samuel rôda autour de moi, agité. De temps à autre, il levait la tête, humant l'air. Je savais qu'il pouvait sentir ma chaleur.

Nous attendîmes.

Des ombres rampèrent dans les coins. J'avais dû manger et dormir, car l'instant d'après, l'odeur du sang remplissait la chambre.

— Brenna, appela Samuel.

Je me levai, tirant une peau autour de moi à la place d'une robe. J'étais la partenaire d'un berserker à présent. Je pouvais marcher nue parmi les loups ; mes amants me protègeraient.

Ensemble le chef blond et moi marchâmes le long du couloir jusqu'à la corniche, au-dehors de la grotte, où une meute de loups géants attendait. Daegan fit un pas en avant sous sa forme humaine, un peu recroquevillé et se mouvant d'un silence prédateur. L'air puait l'odeur de sang. Je l'approchai et il portait un panier dégoulinant de rouge.

Je savais, avant de regarder, ce que je trouverais à l'intérieur. Daegan me dit que la proie puait la perversion.

— Quand ta sœur a trouvé le corps, elle a rigolé.

Je posai le panier contenant la tête de mon beau-père sur le sol. Mes sœurs Sabine, Murielle, et Fleur étaient en sécurité à présent.

Daegan et Samuel me suivirent de retour à la chambre. Je désignai la grotte pour se baigner en retroussant mon nez et le guerrier à la chevelure noire disparut pour se laver.

Quand Daegan revint, nu et dégoulinant d'humidité, il me trouva assise sur l'estrade avec le torque sur mes genoux.

Levant mon menton, je le tendis à Samuel.

Daegan me tint les cheveux en hauteur pendant que Samuel tordit le torque comme s'il était fait de paille, et le ferma autour de mon cou. Je touchai le métal froid et sentis un étrange vrombissement de puissance, comme si le torque était un objet magique. L'argent couvrait à la fois ma cicatrice, et attirait l'attention dessus.

Me levant sur la pointe des pieds, j'attirai la tête de Samuel vers le bas et l'embrassai, puis Daegan, avant de les mener vers l'estrade.

Nous nous revendiquâmes les uns les autres pendant que les autres loups hurlaient dehors.

* * *

UNE LUNE PLUS TARD, je me tenais au bord du grand marché, regardant ma mère installer son étal. Mes sœurs jumelles jouaient sur l'herbe alors que Fleur travaillait à côté de ma mère.

— Nous avons trouvé un marchand qui paiera un bon prix pour leurs marchandises, m'avait dit Samuel. Et chaque mois la plus vieille trouvera de la viande fraîche sur le bas de leur porte. Nous veillerons sur elles.

Alors que je regardais, je sentis une lueur de force dans la forêt derrière moi, signalant un loup reprenant sa forme humaine. La tête de ma sœur Fleur fit un mouvement brusque dans notre direction, et elle commença à bouger vers ma cachette. Je fis un pas en arrière, mais ma mère appela Fleur, et ma sœur alla l'aider, fronçant encore les sourcils en une pensée perplexe.

Je tournai le dos à ma famille et me dirigeai plus profondément dans la forêt, où deux hommes m'attendaient dans l'épais taillis. L'un sombre, l'autre blond, d'énormes formes courbées se cachant dans l'ombre, éclairée par deux paires d'yeux dorés.

UNIE AUX BERSERKERS - RÉSUMÉ

Un Montagnard et un Viking revendiquent leur femme...

Depuis plus de cent ans, les guerriers Berserkers ont combattu et tué pour les rois. Un seul ennemi ne peut être vaincu : la bête qui se trouve à l'intérieur.

Une sorcière nous parla de celle qui nous sauverait — une femme marquée par le loup. Nous la trouvâmes et la revendiquèrent. Mais nous acceptera-t-elle comme compagnons ? Peut-elle adoucir notre nature sauvage avant qu'il ne soit trop tard ?

Le loup-garou des montagnes Daegan ne s'était pas attendu à vaincre la malédiction de sa lignée. Mais quand une prophétie parla d'une femme qui détenait la cure contre la rage des Berserkers, son frère guerrier Viking et lui ne s'arrêteraient pour rien au monde pour la revendiquer. Ils la ramenèrent chez eux dans la montagne et lui enseignèrent les règles de la meute. Mais est-ce que son pouvoir sera suffisant pour rompre la malédiction des Berserkers ?

Unie aux Berserkers

UNIE AUX BERSERKERS - CHAPITRE 1

Le chevreuil broutait paisiblement au bord du torrent forestier, sa fière couronne de bois miroitant sur l'eau ondulante. J'observai, caché dans l'ombre. J'avais traqué la bête sur des kilomètres, assouplissant mes muscles et profitant de la chasse, et je pouvais presque sentir ma proie. Un vrai loup serait incapable d'abattre une proie si large sans sa meute. Un homme pourrait tuer un chevreuil avec un arc et des flèches, mais aurait du mal à le transporter jusqu'à chez lui. Mais je n'étais ni humain ni un vrai loup.

Le vent changea, apportant une bourrasque fragrante. Parmi le bouquet habituel, je sentis quelque chose d'aigre. Un autre loup, mais pas quelqu'un de familier. Je connaissais les odeurs de ma meute. C'était un intrus.

Le vent se déplaça et le chevreuil brouta plus près de ma cachette. Mon loup oublia l'odeur inquiétante et se concentra immédiatement sur la proie de l'autre côté du torrent.

Je me Transformai. L'eau sous moi refléta un homme aux muscles fermes et aux cheveux noirs. Puis, l'instant d'après, un vent surnaturel remua les feuilles et le reflet de l'homme fut remplacé par celui d'un grand loup noir.

Le chevreuil leva la tête à la vague anormale de magie. Il capta l'odeur du loup que j'étais devenu et courut.

Ce fut une courte poursuite.

Plus tard, léchant le sang de ma patte, je me sentis réticent à me retransformer. Les hommes étaient lents et stupides et soumis aux règles. Ils ne pouvaient même pas sentir le caléidoscope de couleurs qu'était la forêt, choisissant plutôt de tout détruire par le feu et de vivre dans des cabanes puantes au milieu de la boue.

Le monde n'était-il pas bien plus beau en tant que loup ?

Mais en dessous de la simple conscience animale, se cachait une bête plus sombre. Même à présent, avec le goût du sang dans ma bouche, la créature remplie de rage luttait pour dominer. Je luttai avec elle, secouant ma tête de loup comme si j'étais embêté par des mouches. Mon effréné combat intérieur me mena au torrent où je regardai mes traits canins se développer et se Transformer en quelque chose de grotesque...

Mon nez de canidé saisit une faible odeur, flottant le long de la montagne que ma meute appelait maison. L'odeur me dit qu'une femme vivait là. Pas n'importe quelle femme. Notre femme.

Notre compagne.

La bête recula. La raison revint.

Je savourai l'odeur de la femme, légère et fraîche, parfumée et parfaite au milieu de la puanteur suante des guerriers. Elle attendait.

Une inspiration de plus de son odeur succulente et je me changeai. Les pattes devinrent des mains, la fourrure devint des cheveux et la soif de sang de la bête mourut comme si elle n'avait jamais été là.

Je courus jusqu'à la maison, en portant le chevreuil.

Au bout du chemin menant au sommet de la montagne, un guerrier géant montait la garde, aiguisant sa hache.

Wulfgar avait été un guerrier mortel avant même de devenir un Berserker. Ses traits émoussés s'éclairèrent à la vue de la viande fraîche.

Je jetai le chevreuil à ses pieds.

— Bonne chasse ?

Le grand guerrier renifla d'un air reconnaissant.

Je grognai. Après avoir été loup, la parole prenait du temps à revenir.

Wulfgar aboya un ordre à un autre loup.

— Rôtis les bouts de choix au-dessus du feu pour la femme de l'Alpha. Donne le reste à la meute.

Je fis un signe de tête en remerciement à Wulfgar et au petit loup roux qui vint collecter la carcasse.

— Beta, me remercièrent-ils tous les deux d'un abaissement de leurs têtes, prenant garde à éviter mes yeux par respect pour mon rang. Même si Wulfgar faisait une tête de plus que moi, j'étais légèrement plus dominant, ne fusse que par mon lien avec l'Alpha, Samuel.

Une brise balaya la face de la montagne, remuant la fumée du feu et m'apportant le doux arôme d'une femme.

Je quittai le feu et entrai dans la grotte, suivant le couloir de pierres jusqu'aux quartiers que je partageais avec Samuel... et elle.

Alors que je marchais le long du corridor, l'odeur délicieuse devint plus forte. Je fis une pause dans le couloir menant à nos chambres. À l'intérieur, Samuel se relaxait sous sa forme de loup, des mèches fauves sur sa peau grise.

Je lui fis un signe de tête et me dirigeai directement vers l'estrade couverte de peaux que nous utilisions comme lit, afin de jeter un coup d'œil à la femme aux cheveux noirs se terrant dans les fourrures.

— *Encore endormie*, parla Samuel au travers de notre lien.

— *Vaudrait mieux que nous arrêtions de l'user*, lui souris-je.

Il sourit presque. Il était Berserker depuis si longtemps et avait passé presque un siècle à moitié fou de magie. J'avais été la longe qui le retenait au monde, le gardant d'une rage meurtrière qui aurait détruit son esprit. Nous avions combattu la bête de Samuel ensemble et cherché partout la femme qui le sauverait selon la sorcière, une femme marquée par le loup.

— *Brenna.*

Une profonde inspiration et son odeur remplit mes poumons. Le loup se tut. Je n'avais même pas réalisé à quel point il était agité jusqu'à ce que je la voie et me détendis. Elle sentait la mousse et le pin, et les lieux secrets tamisés de la forêt qui étaient sûrs.

Pas étonnant que notre super Alpha se prélassait sous sa forme de loup à ses pieds, sa langue pendant comme un chiot. Après des siècles de combats, nous avions finalement trouvé notre chez nous.

Je commençai à m'étendre à côté d'elle sur l'estrade quand Samuel produisit un demi-grognement.

— *Je ne la prendrai pas,* dis-je par le lien. *Pas encore. Je veux juste m'allonger près d'elle.*

J'attendis son hochement de tête, puis m'étirai, me bordant contre elle dans les peaux.

M'approchant un peu plus doucement, j'enfouis mon visage dans son amas de cheveux noirs.

Elle changea de position.

J'arquai mon corps autour d'elle, laissant sa chaleur s'infiltrer en moi, savourant les douces courbes de son corps.

À côté de l'estrade, Samuel regardait dans sa forme de loup, en haletant de manière heureuse.

Ma main se glissa entre les peaux pour prendre son sein dans ma main. Je jouai avec la douce poignée, sentant son mamelon se durcir et son corps s'animer. Je me languis d'entendre son doux soupir d'envie et quelques secondes plus tard, je fus récompensé par l'adorable son.

Nous gardions notre bien-aimée nue la plupart du temps, lui fournissant quelques robes et châles, mais principalement gardant les brasiers enflammés autour de la pièce. Samuel et moi vivions sur nos gardes pour protéger notre femme de n'importe qui. Même de notre propre meute, car nos frères guerriers ne pouvaient être considérés comme fiables. Son odeur était un chant de sirène, si convaincant et sucré. Nous la gardions en sécurité dans la chambre, cachée du monde.

Je fermai les yeux et inhalai, donnant ce que désirait le loup, remplissant mes poumons de son essence.

Mon corps palpita de besoin.

— Brenna, respirai-je sur l'arrière de son cou.

Elle soupira et mon tout se concentra sur ce léger son. Sa tête se pencha et ses cheveux se renversèrent de son cou, révélant les cicatrices en forme d'araignée sur sa gorge, souvenir d'une brutale blessure qu'elle avait subie étant enfant. L'attaque avait pris sa voix. C'était un miracle qu'elle n'ait pas pris sa vie, mais elle avait survécu.

À présent, elle était nôtre.

Brenna se déplaça contre moi et mon corps répondit, prenant vie, du sang afflua dans mon aine. Je grognai un peu alors que je glissai un bras sous elle et que je resserrai ma prise, l'attirant contre ma poitrine.

Elle n'était pas une petite femme selon les standards humains, mais comparée à nous, elle était menue et parfaite. Sa douceur la rendait d'autant plus tentante.

Son derrière brossa ma bite et je grognai dans ses cheveux.

— *Daegan,* réprimanda Samuel par le lien. *Tu l'as réveillée.*

— Pouvais pas faire autrement, dis-je à voix haute. Une tentation tellement jolie.

Mes mains commencèrent à explorer la douceur de ses seins, la descente lisse de son ventre terminant doucement en des hanches ardentes.

— Réveille-toi femme, fredonnai-je dans son oreille alors que mes doigts jouaient au sud de son ventre. Je ferai en sorte que ça en vaille la peine.

Ses yeux s'ouvrir en papillonnant.

Ce n'était pas la première fois que je souhaitai que notre bien-aimée puisse parler. Les cicatrices de sa gorge la rendaient muette. Même si elle n'avait jamais eu de difficulté à faire comprendre ses émotions, j'aurais donné n'importe quoi pour l'entendre dire mon nom.

Mes doigts cherchèrent le délicieux endroit humide entre ses jambes, s'efforçant de faire sortir un cri. Je souris quand je l'entendis quitter ses lèvres.

Elle soupira à nouveau et je me demandai à quel point elle était consciente. Puis, elle agita son derrière contre mon aine. Sa joue se courba d'un sourire et je sus qu'elle était réveillée.

— Vilaine fille, dis-je, m'excitant pour toi.

Je me posai sur un coude au-dessus d'elle.

— Ne sais-tu pas que tu es déjà une irrésistible tentation ?

Elle s'étendit sur son dos, clignant des yeux sensuels et endormis.

Je ne pouvais le supporter plus longtemps ; je m'allongeai et revendiquai sa bouche. Mes doigts descendirent et tour-noyèrent entre ses jambes, faisant danser ses hanches.

De la magie pulsa au travers de la chambre alors que Samuel fit la Transformation de loup à homme. Il prit place près de nous.

Me déplaçant au-dessus de Brenna, j'embrassai les courbes de son cou et de ses seins, traçant mon chemin vers le bas, ne m'arrêtant pas tant que je n'eus pas goûté l'endroit secret entre ses jambes.

Elle se crispa, mais je tins ses jambes ouvertes, léchant le centre rose alors qu'elle se tortillait.

Au niveau de sa tête, Samuel captura la bouche de notre bien-aimée, ses mains sur ses seins. Avec doigts, lèvres et langues, nous travaillâmes le corps de notre chérie jusqu'à ce qu'elle vibre entre nous comme une corde de luth, au bord du point de rupture. Samuel laissa aller sa bouche et mordilla son oreille pendant que je m'attardais plus bas. Par ses halètements violents et ses tortillements, son corps chancela à l'orée du plaisir. Nous l'épinglâmes entre nous jusqu'à ce qu'elle atteigne le sommet et qu'elle se brise.

Alors qu'elle fut à bout de souffle, Samuel et moi partageâmes un sourire.

— Magnifique, dit-il pour que Brenna puisse l'entendre.

— Oui.

Je me blottis contre l'intérieur de sa cuisse.

Après une minute, elle cligna des yeux en levant la tête. Sans un mot, Samuel et moi changeâmes de place. Il la tira à quatre pattes et se positionna lui-même derrière elle. Elle bougea de manière obéissante alors qu'il calait ses hanches en l'air et tendit la main vers le bas pour titiller ses lèvres.

Je guidai la tête de ma bien-aimée vers ma bite douloureuse. Elle obéit à mon ordre silencieux, me suçant tellement profondément que mes genoux se dérobèrent presque.

— Och, fille

Ma main caressa sa joue.

Samuel saisit ses hanches et je tins le visage de Brenna immobile, me préparant pour sa poussée. Elle poussa un cri de surprise alors qu'il bondissait en avant. La force de son mouvement la conduisit plus profondément sur ma propre bite et en une seconde, je remplis sa gorge. La pression prit mon souffle.

Le lien entre l'Alpha et moi fredonna en harmonie pendant que nous travaillions le corps de notre bien-aimée au milieu de nous deux. Je tins son visage avec soin alors qu'elle se balançait d'avant en arrière entre nous.

Samuel tendit de nouveau le bras sous elle et la stimula jusqu'à un nouvel orgasme. Ses halètements s'échappèrent autour de ma bite et je vins en jurant, ma main empoignant ses cheveux noirs.

Le plaisir se déversa au travers du lien qui nous liait et les yeux de Samuel brillèrent de lubricité. Ses canines étincelèrent alors qu'il chancelait au bord de la séparation entre humain et bête sans scrupule.

Je me retirai en un bruit sec de la bouche de ma bien-aimée, m'écartant au signal de Samuel. Le géant guerrier blond était agenouillé nu derrière notre femme, ses cheveux dorés traînant sur ses épaules. Il lissa le dos de Brenna d'une main, la stabilisant, la préparant pour une bonne baise.

Avec un grognement, il bondit vers l'avant. Ses hanches cognèrent contre ses fesses et un bruit de gifle remplit la caverne. Alors que Samuel poursuivait son rythme brutal, les mains de Brenna se fermèrent en poings dans les peaux, son souffle remontant dans sa gorge écorchée.

— Jouis.

Avec l'ordre, la paume de Samuel gifla le côté de son cul redressé. Les yeux de Brenna se révulsèrent alors qu'elle obéissait, prise de convulsions.

Samuel trembla au-dessus d'elle, de larges mains tenant ses hanches en hauteurs alors qu'il finissait en elle. Une fois qu'il se retira, il prit une poignée de ses cheveux et la dirigea vers sa bite, attendant qu'elle la nettoie de sa bouche. Alors que je la regardais lécher docilement, ma bite se durcit à nouveau. La bête à l'intérieur brûlait d'envie de dominer notre bien-aimée, d'exiger sa délicieuse soumission. Et elle ne voulait pas s'arrêter là…

Je coupai ce flot de pensées et tombai sur mon flanc à ses côtés, jouant avec ses seins pendants et admirant l'état de rougeur de sa peau.

— Charmante, charmante fille, lui dis-je et murmurai les mots que je souhaitais être vrais. Tu étais faite pour nous.

* * *

Plus tard, alors que je veillai sur notre bien-aimée pendant que Samuel était parti, je la regardai dormir, observant sa chevelure noir de jais et ses joues pâles comme le clair de lune.

— *Mienne*, dit le loup et je voulus être d'accord. Elle était nôtre de toutes les manières imaginables. Nous l'avions achetée à sa famille quelques lunes auparavant et l'avions gardée dans notre repaire, à l'écart de la meute. Elle semblait nous accepter. Nous lui donnions des nouvelles de la famille qu'il lui restait ; ses trois sœurs se portaient bien au village. Il y avait deux lunes, sa mère était morte et nous lui avions apporté la nouvelle. Samuel avait demandé si elle voulait voir la tombe et Brenna avait refusé.

Elle avait abandonné son ancienne vie, pour nous. Et chaque fois que nous la revendiquions, nous nous sentions chez nous, à la maison. Mais avait-elle vraiment sa place ici ?

— *Elle est nôtre.*

Samuel sentit mon incertitude et parla au travers du lien.

— *Pour aussi longtemps que nous la retenons.*

Je lui rappelai.

— *Pourquoi nous la laisserions un jour partir ?*

Je lui envoyai le souvenir de la chasse au chevreuil s'étant déroulée plus tôt.

— *C'est encore arrivé. J'ai presque perdu le contrôle de la bête.*

Silence. Samuel ne voulait pas admettre que ce que nous redoutions le plus puisse arriver, que la même bête que Brenna adoucissait puisse s'emporter à nouveau.

La rage des Berserkers était légendaire sur le champ de bataille. De nombreux rois l'avaient utilisée pour obtenir le pouvoir. En temps de paix, la bête avait une folle envie d'effusion de sang. La magie qui faisait de nous des loups nous rendait également fous. C'était le prix à payer pour notre grand pouvoir.

Brenna ne savait rien de tout ça. Elle ne savait pas que plusieurs membres de la meute avaient succombé à la bête et rencontré leur destin. Quand la bête prenait possession de leur esprit, Samuel attendait sur le qui-vive. Plus d'un était mort, des cous furent cassés nets et des corps furent jetés de la montagne par l'Alpha enragé. Non pas parce qu'il avait perdu le contrôle, mais parce qu'eux ne se contrôlaient plus. Samuel protégeait la meute, même de ses propres membres. Mais c'est tout ce qu'il pouvait faire pour endiguer la propagation du poison maléfique. Nous étions des guerriers expérimentés par les nombreuses batailles, mais ne pouvions gagner la guerre qui se tramait dans nos esprits. Avant d'avoir consulté la sorcière pour trouver Brenna, nous étions en train de perdre la bataille.

Je me rappelai les nuits où la bête hurlait à la recherche de sang…

— *Dis-moi ce qu'il s'est passé*, dit finalement Samuel. *Comment as-tu repris le contrôle ?*

— *Je suis tombé sur l'odeur de notre bien-aimée.*

— *Exactement comme les runes l'avaient prédit. Elle adoucit la bête.*

Je tendis le bras et fis courir un doigt sur la douce joue de notre bien-aimée. Sa peau était soyeuse, si parfumée. Ce soir, elle sentait tel un clair de lune sur la neige et les secrets profondément enfouis dans la terre. Des choses qu'aucun homme ne pouvait décrire, des choses que seul un loup pouvait comprendre.

Ma main se referma autour de son cou. Son pouls pulsait contre ma paume.

Samuel et moi redoutions tous les deux le jour où elle se réveillerait et découvrirait ce que nous étions réellement. Pas uniquement des loups-garous, mais des Berserkers, maudits par de la magie corrompue. Nous avions dit à Brenna de ne pas craindre le loup, mais nous n'avions jamais mentionné ce dont elle devrait vraiment avoir peur : la bête.

Elle nous avait vus dans notre forme de loup, mais elle n'avait pas vu la bête. Ni rien qui s'en approchait.

Savait-elle que quand nous la prenions, durement et rapidement, sans réfléchir, quel monstre rôdait dans nos esprits ? Sentait-elle à quel point la bête voulait lui faire du mal ?

Mes doigts se fermèrent sur son cou. Une fois, j'avais presque perdu le contrôle. Cela ne pouvait jamais se reproduire.

— *Nous ne pouvons pas continuer à lui cacher la bête,* dit Samuel, ses pensées résonnant sur le lien.

J'arrachai ma main d'un air coupable.

— *Elle la rencontrera, d'une façon ou d'une autre.*

— *Nah, c'est trop dangereux. C'est pour cela que nous avons passé tant de siècles seuls.*

— *Si elle est destinée à être notre compagne, elle doit rencontrer la meute, apprendre nos habitudes. Nous ne pouvons pas la garder à l'intérieur pour toujours.*

— *Mais,* rétorquai-je en luttant pour transcrire mes sentiments en mots. *Et si après avoir rencontré la bête, elle n'arrivait plus à nous aimer ?*

— *Peut-elle réellement nous aimer, si elle ne sait pas ce que nous sommes ?*

— *La bête ne connaît pas l'amour. Elle tentera de la détruire.*

Je retins mon souffle jusqu'à ce que Samuel réponde.

— *Prie qu'elle ne réussisse pas.*

Unie aux Berserkers

LA SAGA DES BERSERKERS

Vendue aux Berserkers
Unie aux Berserkers
Imprégnée par les Berserkers (disponible seulement pour les
extraordinaires fans se trouvant sur la liste d'envoi de Lee
https://geni.us/BredBerserkerFR)
Prise par les Berserkers
Donnée aux Berserkers
Revendiquée par les Berserkers
Sauvée par les Berserkers
Capturée par les Berserkers
Kidnappée par les Berserkers
Liée aux Berserkers
La Nuit des Berserkers

L'Héritage des Berserkers
Possédée par les Berserkers

Apprivoisée par les Berserkers
Maîtrisée par les Berserkers

LES GUERRIERS BERSERKERS

Ægir (auparavant intitulé *Le Loup de Mer*)
Siebold

À PROPOS DE L'AUTEUR

Lee Savino a l'intention de conquérir le monde, mais la plupart du temps, elle n'arrive même pas à trouver ses clés ou son téléphone, alors elle préfère encore rester chez elle et écrire des romances smexy (smart + sexy). Elle adore le chocolat, passe sa vie en pantalon de yoga et porte les chapeaux comme personne.

Pour de bonnes tranches de rigolade, rejoignez son groupe sur Facebook en anglais, Goddess Group, ou rendez-vous sur **https://geni.us/BredBerserkerFR** pour vous inscrire à sa news-letter et recevoir un livre gratuit.

Site web : www.leesavino.com
Facebook Goddess Group :
https://www.facebook.com/groups/LeeSavino/

TOUJOURS PAR LEE SAVINO

Romance contemporaine

Bad Boy Royal

Je ne suis pas du tout en train de tomber amoureuse de mon arrogant et agaçant dieu du sexe de patron. Non. Absolument pas.

Royally Fake Fiancé

Le duc de Nouvelle-Arcadie a un problème d'image que seule une fiancée peut régler. Et je suis la petite veinarde qu'il a choisie pour jouer les Cendrillons.

La belle & les bûcherons

Après cette saison au camp des bûcherons, j'arrête complètement de baiser. Parce que : j'ai mes raisons.

Papa à moi

Mon héros marin sexy veut que je l'appelle « papa »...

Romance paranormale

Alpha Bad Boys

Le Tentation de l'Alpha avec Renee Rose

Mon loup veut la marquer et en faire sa compagne, mais elle est humaine et délicate : elle ne survivrait pas à une morsure de métamorphe.

COPYRIGHT DU TEXTE

www.ingramcontent.com/pod-product-compliance
Lightning Source LLC
Chambersburg PA
CBHW030601130626
46552CB00006B/2622